여행의 공간, 두번째 이야기

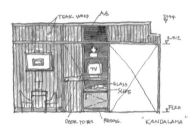

◎ 이 책은 《TOTO 통신》에 연재한 칼럼 「여행의 욕실(旅のバスルーム)」(이 책의 게재분이 실린 호: 2008년 여름호-2013년 봄호)을 고쳐 쓴 것과 새로 쓴 글을 수록했습니다.

◎ 본문 중에 삽입한 각주는 옮긴이 주이고, 별(*)표로 따로 정리한 각주는 원주입니다.

여행의 공간, 두번째 이야기

~건축가가 그린 세상의 모든 호텔~

우라 가즈야 지음
신혜정 옮김

북노마드

차례

여행의 시작 ⤳ 8

탐미 총본산 ⤳ 12
오텔 코스테 Hôtel Costes 프랑스 / 파리

세자르 리츠와 가우디 ⤳ 18
호텔 리츠 바르셀로나 Hotel Ritz Barcelona 스페인 / 바르셀로나

마조레 호수의 꿈 ⤳ 24
일 솔레 디 란코 Il Sole di Ranco 이탈리아 / 란코

상하이의 로켓 ⤳ 30
JW 메리어트 호텔 상하이 JW Marriot Hotel Shanghai 중국 / 상하이

헤밍웨이와 송어 ⤳ 36
호스탈 부르게테 Hostal Burguete 스페인 / 부르게테

취권 디자인 ⤳ 42
몬드리안 로스앤젤레스 Mondrian Los Angeles 미국 / 로스앤젤레스

피에몬테의 마리오 ⤳ 48
로칸다 델 필로네 Locanda del Pilone 이탈리아 / 알바 근교

필수 도구와 사용법 ⤳ 54

연한 컴포즈 블루 ⤳ 56
포 시즌스 호텔 조르주 생 Four Seasons Hotel George V 프랑스 / 파리

달콤한 향기 ⤳ 60
빌리노 Villino 독일 / 린다우

붉은 카펫 ⤳ 66
진장 호텔 Jin Jiang Hotel 중국 / 상하이

붉은 고블렛 ⤳ 72
호텔 다니엘리 베네치아 Hotel Danieli Venezia 이탈리아 / 베네치아

이치를 따진다 ⇒ 78
슈타이겐베르거 메트로폴리탄 Steigenberger Metropolitan 독일 / 프랑크푸르트

레귤러룸의 가로세로 ⇒ 84

원숭이가 보았다 ⇒ 86
헤리턴스 칸달라마 호텔 Heritance Kandalama Hotel 스리랑카 / 담불라

클래식의 덩어리 ⇒ 92
호텔 브리스톨 빈 Hotel Bristol Wien 오스트리아 / 빈

수도승의 기억 ⇒ 96
호퍼 호텔 엣 세테라 Hopper Hotel et cetera 독일 / 쾰른

헝가리의 왕 ⇒ 100
호텔 쾨니히 폰 웅가른 Hotel König Von Ungarn 오스트리아 / 빈

프라하의 파리 ⇒ 106
호텔 팔지시 Hotel Paris 체코 / 프라하

측화 ⇒ 112

은신처의 오드투알레트 ⇒ 114
오텔 푸케 바리에르 파리 Hôtel Fouquet's Barrière Paris 프랑스 / 파리

빌라의 저녁놀 ⇒ 118
호텔 빌라 콘둘메르 Hotel Villa Condulmer 이탈리아 / 트레비소

자크 티보를 떠올리며 ⇒ 124
호텔 벨 아미 Hotel Bel Ami 프랑스 / 파리

'귀여운 여인'의 호텔 ⇒ 130
베벌리 윌셔 The Beverly Wilshire in Beverly Hills. A Four Seasons Hotel 미국 / 로스앤젤레스

빛나는 욕실 바닥 ⇒ 134
라마다 플라자 바젤 Ramada Plaza Basel 스위스 / 바젤

블루 모멘트 ⇒ 140
호텔 테르메 발스 Hotel Therme Vals 스위스 / 발스

테레지안 옐로 ~~ 146
호텔 자허 빈 Hotel Sacher Wien 오스트리아 / 빈

나무 사이를 스치는 바람 ~~ 152
빌라 셸하겐 Villa Källhagen 스웨덴 / 스톡홀름

기분은 소공녀 ~~ 158
앳 더 찰스 브리지 At the Charles Bridge 체코 / 프라하

오리무중 ~~ 164
실리아 라인 유럽호 Tallink Silja Line Silja Europe 발트 해

삼나무 향기 ~~ 170
파크 하얏트 상하이 Park Hyatt Shanghai 중국 / 상하이

게스트룸 계획 ~~ 176

오래된 두꺼운 성벽 ~~ 184
파라도르 데 온다리비아 Parador de Hondarribia 스페인 / 온다리비아

에시레 버터 ~~ 188
오텔 부르 티부르 Hôtel Bourg Tibourg 프랑스 / 파리

겨울 반딧불이 ~~ 192
루누강가 Lunuganga 스리랑카 / 벤토타

웰컴 프루트 ~~ 198
페닌슐라 베벌리힐스 The Peninsula Beverly Hills 미국 / 로스앤젤레스

콜로니얼의 향기 ~~ 202
아만갈라 Amangalla 스리랑카 / 갈레

도심에서 놀기 ~~ 208
윗 더 스타일 With the Style 일본 / 후쿠오카

산속의 거품 목욕 ~~ 212
아파트호텔 부발 Aparthotel Búbal 스페인 / 비에스카스

국민 총행복 ⤳ 216
우마 파로 Uma Paro 부탄 / 파로

별장 감각 ⤳ 222
클럽 빌라 Club Villa 스리랑카 / 벤토타

긴 파도 ⤳ 226
호텔 론드레스 Hotel De Londres 스페인 / 산세바스티안

더없는 포돗빛 행복 ⤳ 230
레 수르스 드 코달리 Les Sources de Caudalie 프랑스 / 보르도

축제 자부심 ⤳ 236
그란 호텔 라 페를라 Gran Hotel La Perla 스페인 / 팜플로나

모스그린과 세피아 ⤳ 240
실켄 그란 하바나 바르셀로나 Silken Gran Havana Barcelona 스페인 / 바르셀로나

여행의 끝 ⤳ 244
빌리지 로지 The Village Lodge 부탄 / 파로

녹아든 욕실 ⤳ 250
아만코라 붐탕 Amankora Bumthang 부탄 / 붐탕

극적인 로비 ⤳ 254
제트윙 라이트하우스 Jetwing Lighthouse 스리랑카 / 갈레

현수교의 정취 ⤳ 260
호텔 비탈레 Hotel Vitale 미국 / 샌프란시스코

숲 속의 오두막집 ⤳ 264
모리노코야 森の小屋 일본 / 홋카이도 기타히로시마

게스트룸 장비 ⤳ 268

여행은 끝나지 않는다 ⤳ 274

여행의 시작

일찍이 하야시 쇼지* 씨가 자택에서 미야와키 마유미* 씨두 사람 모두 지금은 고인에게 나를 소개해준 적이 있다. "이 사람도 호텔에서 실측하거든요"라고 덧붙이자 미야와키 씨가 "흠" 하며 내 얼굴을 보았는데 그 "흠"은 무슨 뜻이었을까?

나는 호텔 실측을 계속하고 있다. 처음에는 설계에 도움이 되는 자료를 만들기 위해서였지만 이제는 일종의 의식 같은 것이 되었다. 관련 자료도 버리지 않으니 서류철이 산더미처럼 쌓인다. 실측하는 대상은 되도록 객실 수가 제일 많은 유형을 선택한다. 디럭스나 스위트룸도 좋지만 새로운 호텔에서는 검토를 거듭해 만들기 마련인 레귤러룸이 가장 잘되어 있음을 알기 때문이다. 그리고 저렴한 호텔이나 작은 방은 거기에 맞게 지혜를 짜내는 점이 대단히 흥미롭다. 새롭게 단장한 오래된 호텔도 무언가 특별한 것이 있어 좋다. 측량할 만한 가치가 없어 보이는 방에서도 작업하다보면 발견하는 것이 있다.

가방을 날라준 객실 안내원이 팁을 받고 나가면 그 자리에서 돌아다니며 우선 방의 50분의 1 평면도를 편지지 한가운데에 연필로 대략 그린다. 잘못하면 발코니가 종이 밖으로 넘어가기도 한다. 침대 위치는 가장 중요하다. 다음에는 여기저기 세부를 계속 측량해 연필로 덧붙여 그린 다음, 그것을 사인펜으로 덧그리고 밑그림을 전부 지운다.

이렇게 그린 그림이 제법 정확하다. 치수는 중요한 것만 적어넣는다. 가구도 카메라에 의지하지 않고 직접 그린다. 소재나 색상까지 살펴보아 수채 물감으로 채색하고 그림자를 넣는다. 편지지는 수채화 용지가 아니라 물에 젖으면 오그라들 수 있으므로 주의한다. 여기까지 하는 데 한 시간 반. 이제 겨우 바^{bar}에 나가볼 마음이 든다. 욕실 바닥이나 방수, 공기 조절 방식을 알아내려고 점검구를 들여다보는 것도 이때이다. 이쯤 되면 아내도 어이없어 하지만.

　호텔은 친구에게 얻은 정보 등으로 미리 조사하는 경우도 많지만 우연히 재미있는 방을 만나면 횡재한 듯한 기분이 든다. 이제는 인터넷 동영상으로 사전에 실내까지 자세히 볼 수도 있지만. 하룻밤에 두 호텔을 보고 싶을 때는 어쩔 수 없이 두 군데에 체크인하기도 한다.

　설계에 종사하는 사람에게 측량해서 그리는 작업은 디자인 교육에서 기본 중의 기본이라고 생각하지만 요즘은 그렇지만도 않은 듯하다. 손가락 하나면 충분하다거나 마우스와 키보드만 있으면 되고 연필도 스케치북도 지니지 않는다. 사물을 재본 적이 없으니 규모감도 엉망이 된다. 손으로 생각하듯이 되려면 언제까지고 계속 그려나가는 일이 중요하다.

　그런데 어쩌다 이렇게 호텔에 집착하다시피 되었을까?

　호텔이란 낯선 땅에서 무방비 상태가 되는 곳이다. 그런 손님을 안심시키기 위해 설계자와 호텔 경영자는 대단히 고심하면서도 티 나지 않게 아름다움을 만들어내려 한다. 실측하는 과정에서 국민성이라든지

얼핏 눈치채기 어려운 영업 방침을 발견하는 것도 재미있지만 그렇게 고심한 지혜를 찾아내면 과연 이렇구나! 하며 더욱 흥미로워진다. 설계자의 '의기양양한 얼굴'이 보이는 것만 같다. 그래서 《니혼게이자이신문 日本經済新聞》 문화면에 「헤아려지는가? 호텔의 배려」라는 제목으로 글을 기고한 적도 있다.

손님이 자기 집에 돌아온 듯한 기분이 들게 한다면 성공이라는 사람도 있지만 나는 그렇게 생각하지 않는다. 지혜를 짜내 안도감 비슷한 것을 만들어내지만 사실 호텔이 좋은 것은 주거에 없는 가벼운 놀라움이나 즐거움이 있어서이다. '한번 더 방문하고 싶구나'라고 여겨지는 편이 좋지 않을까? 드라마의 무대 같은 공간이라 다시 한번 오고 싶다는 생각이 들게 한다면 제법이라 하겠다.

그렇다 해도 구미의 호텔은 보수적이다. 언제까지나 변하지 않는 것을 미덕으로 삼는 까닭인데 그런 점에서 일본에 새로 생기는 호텔들은 매우 혁신적이라 흥미롭다. 기술적으로도 최고 수준에 이르렀다. 여러 가지로 조사는 해놓았지만 일본 호텔을 거의 싣지 않는 이유는 '폐가 되는 일'이 있기 때문이다.

이 책은 전작인 『여행의 공간』의 속편이다. 《TOTO 통신》이라는 기업 홍보지에 「여행의 욕실」이라는 제목으로 지금도 계속 연재하는데 전작 이후에 실린 글을 고쳐 썼다.

게스트룸을 측량하는 것은 말하자면 '여행' 그 자체이기도 하다.

그럼 여행을 떠나보자.

★ 하야시 쇼지 林昌二(1928~2011)

닛켄 설계(日建設計)의 수석 건축가. 1971년에
폴라 고탄다 빌딩(ポーラ五反田ビル)으로
일본건축학회상 작품상을 받았다. 부인은 건축가
하야시 미사코 林雅子.

★ 미야와키 마유미 宮脇壇(1936~1998)

건축가. 대표적 건축 작품으로는 노출 콘크리트
산자형 구조와 나무 구조물을 조합한 박스 시리즈가
있다. 마쓰카와 박스(松川ボックス)는 일본건축학회상
작품상을 받았다.

탐미 총본산

Hôtel Costes
오텔 코스테

프랑스 / 파리

239, Rue Saint-Honore,
75001 Paris, France
tel. +33 1 42 44 50 00
fax. +33 1 42 44 50 01
www.hotelcostes.com

게스트룸의 비누 받침. 제물낚시꾼에게 어울리는 그림!

루브르미술관은 언제나 엄청난 인파로 넘친다.

『다빈치 코드*』의 영향인지도 모르겠다. 허구인 줄 알면서도
"여기에서 관장이 살해당했어"라는 등의 이야기를 하며 보러 가는
것일까? 어리석다고 생각하면서도 반쯤은 그럴 마음이 동하니 희한한
노릇이다.

그 떠들썩함에서 벗어나 생토노레Saint-honoré의 세련된 가게들을
곁눈질하며 15분 정도 걸으면 방돔 광장Place Vendôme 근처에 이 호텔이
있다. 최근 파리에서 첨단 유행의 가게들을 만들어낸다는 질베르 &
장 루이 코스테 형제*가 기획을 맡아 1996년 봄 재개관 당시 화제가
되었다. 지금도 중정을 둘러싼 살롱에는 대낮부터 어딘가 눈에 띄는
옷차림의 유명인들이 줄을 이어 마롱 쇼콜라를 먹거나 무슨 일로 모여
있거나 한다.

오텔 코스테의 가장 큰 특징은 퍼블릭 스페이스의 어둠이다.

외광과의 차이에 눈이 익숙해지지 않은 탓도 있겠지만 아무튼
입구부터 무섭게 어두워 레스토랑 손님 발을 밟을 뻔하면서 간신히
프런트에 도달해 겨우 체크인하고 엘리베이터 홀에서는 손으로 더듬어
승강기 버튼을 찾기까지의 자초지종!

레스토랑에서 먹는 요리는 아주 맛있지만 실내는 나폴레옹풍
디자인에 시누아즈리chinoiserie 17-18세기에 유럽 상류 사회에서 유행한 중국 취미풍
장식이 뒤섞여 뭐라 말할 수 없이 독특한 수수께끼 같은 분위기가
감돌아 이상야릇하다.

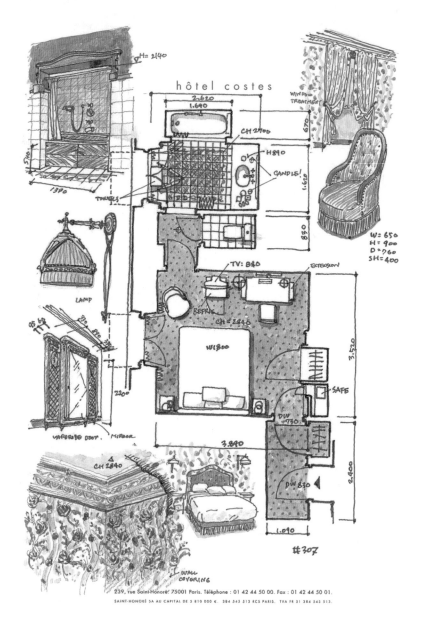

전실이 있지만 객실은 그다지 넓지 않다. 기이한 취미가 엿보인다.

그런 감성은 85개의 게스트룸에서도 마찬가지이다.

디자이너는 자크 가르시아[*]. 우아함을 넘어서 탐미적이고
음란하다고까지 할 만한 디자인 콘셉트에 철저하다. 숙박한 방의
바닥은 직조 무늬 카펫, 벽에는 장미 무늬 직물을 쿠션이 들어간
돈스바리緞子張り 고급 직물을 종이로 배접하지 않고 벽지처럼 그대로 벽에 도배하며 유리섬유
등으로 평평하면서도 폭신한 밑바탕을 만드는 시공법로 붙였고 침대 헤드보드와 커튼도
같은 천으로 맞추었다. 장식된 큰 몸거울은 숨겨진 벽장문이다.
전실前室과 화장실도 창과 문은 검정 래커에 벽은 붉은색으로
칠한 세계가 펼쳐지지만 텔레비전은 뱅 & 올룹슨의 최신 기기를
들여놓았다.

이런 기획은 마레Marais 지구에 있는 오텔 부르 티부르Hôtel Bourg
Tibourg와 같다. 디자이너도 같은 사람이다.

욕실 바닥은 파란색 무늬 타일. 페디먼트pediment 서양 건축의 '박공'를
붙인 벽 개구 안에 욕조를 넣었다. 이 알코브alcôve 서양식 건축에서 벽의 한
부분을 쏙 들어가게 만들어놓은 부분에도 조명은 없다. 긴 욕조에 붙잡을 만한
곳도 없어 어둠 속에 빠질 것만 같다. 수건 장과 선반 등은 목제 가구를
두어 차가운 금속성을 배제했다. 샴푸 종류도 새빨간 색이다. 세면대에
양초 두 개를 세워놓아 더욱더 괴이하다.

센 강 좌안에 있는 로텔L'Hotel 등도 그렇지만 오해를 무릅쓰고
말하자면 '문학적 향기를 풍기는' 호텔의 하나이고 최근 미국 자본이
점령한 대형 호텔에서 보이는 미국적인 밝음이나 미니멀 디자인에

항구 도시 옹플뢰르의 오래된 부두.

나타나는 가벼움이 없다. 세기말의 느낌이 넘치는 인테리어에는 디자인을 '읽는' 즐거움이 있다. 이런 음란함과 탐미성은 파리라 해도 이제 귀중한 것이 된 듯하다.

요금은 비싼 파리에서도 상당히 높은 수준이어서 단위 면적당으로 치면 오성급 못지않다. 자, 진한 프랑스 요리를 맛본 다음에는 노르망디 옹플뢰르* 근처까지 발길을 뻗어볼까?

* 다빈치 코드 The Da Vinci Code
댄 브라운(Dan Brown) 지음. 루브르미술관 등을
무대로 한 추리소설. 전 세계에서 7천만 부가 팔린
베스트셀러. 2006년에는 영화화도 되었다.

* 코스테 형제 Gilbert & Jean-Louis Costes
프랑스에서 활약하는 카페 레스토랑 호텔
기획자이자 소유주로 그들이 기획한 스노비시
취향의 레스토랑과 호텔이 파리 시내에 많이 있다.
그 가운데 호텔 코스테 카(Costes K)는 미니멀 디자인,
레스토랑 라무뇌(L'Amour)는 자크 가르시아의
디자인으로 프랑스뿐만 아니라 전 세계적으로 얽게
유행을 주도했다.

* 자크 가르시아 Jacques Garcia(1947~)
프랑스의 인테리어 디자이너. 방돔 광장 근처의
오텔 코스테를 시작으로 오텔 부르 티부르 등
17~18세기와 현대가 혼재하는 듯한 호텔 디자인을
했다.

* 옹플뢰르 Honfleur
노르망디의 센 강 하구에 있는 항구 도시.
강 건너편은 르아브르(Le Havre). 낡은 부두의 건관이
유명한데 프랑스에서 가장 오래된 목조 교회
생카트린 교회(Église Sainte-Catherine)가 있다.
에리크 사티(Erik Satie)가 태어난 곳이기도 하다.

세자르 리츠와 가우디

Hotel Ritz Barcelona (El Palace Barcelona)

호텔 리츠 바르셀로나(현 엘 팔라세)

스페인 / 바르셀로나

Gran Via de les Corts Catalanes 668,
Barcelona, 08010, Spain
tel. +34 93 510 11 30
fax. +34 93 318 0148
www.hotelpalacebarcelona.com

건축가와 인테리어 디자이너가 호텔을 얼마나 바꿀 수 있을까 또는
호텔이라는 것에 얼마나 관여할 수 있을까 하는 설문을 받을 때가
있다. 어려운 이야기이지만 "물론 가능합니다. 우리가 하지 않으면
어떻게 바꾼다는 말인 거죠?"라고 강경한 대답을 준비해둔다.

하지만 원래 호텔 같은 상업 시설은 건축가에게 구미가 당기는
대상이 아니었다. 난잡한 상업 건축을 공공 건축보다 한층 낮추어
보기도 했고 호텔은 인간 척도에 따라 설계된 게스트룸이 모여
이루어지므로 형태나 외관이 한정되어 자유로운 건축 조형이 가능하지
않다고 여겼던 듯싶다.

20세기형 호텔 이미지를 만들어낸 세자르 리츠*나 콘래드 힐튼*은
건축가가 아니었다. 건축 쪽에서는 1970년대에 등장한 건축가이자
사업가인 존 포트먼*이 아트리움*이라는 퍼블릭 스페이스 계획
기법으로 일세를 풍미하며 한때 역동적인 건축 공간을 가능하게 한
점이 돋보인다.

그런데 사실은 그뿐만이 아니다. 놀랍게도 안토니오 가우디*가
1908년 뉴욕을 무대로 거대한 호텔 기획안을 내놓은 적이 있다.
에펠탑과 같은 310미터 높이에 방추형의 크고 작은 탑을 편성한
로켓 형상의 호텔이었다. 세계대전이 일어난 탓도 있고 지나치게
장대한 계획이라 실현되지는 못했지만 어떻게 그런 자유로운 형상을
생각했을까? 큰 아트리움을 안에 품은 그 계획에는 꿈이 있었다.

만약 그것이 실현되었다면 호텔은 도시를 대표하는 건축으로서

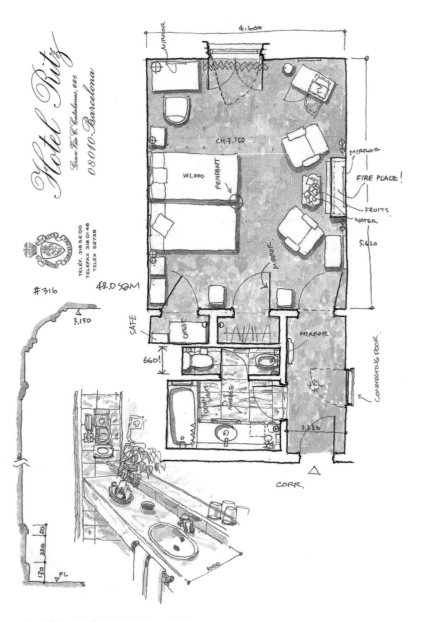

리츠 시절에는 화장실, 비데 주변 치수가 작았다.

위치를 굳히고 이 글 첫머리의 설문 따위는 나오지 않았을지도 모른다.

세자르 리츠는 1898년 파리에 리츠 호텔을 건축하고 나서 세계 각지에 호텔을 만들다 1918년에 세상을 떠났고 그 이듬해 유작처럼 이 리츠 바르셀로나^{예전 이름}가 개장되었다.

안토니오 가우디가 사망한 해는 1926년. 그렇다면 호텔왕이 곳곳에 세우고 있는 건물들을 곁눈질로 보면서 세계 최고의 호텔 건축을 계획한 것이 아닌가? 이 리츠 바르셀로나에서 직선으로 불과 1.3킬로미터밖에 떨어지지 않은 사그라다 파밀리아^{Sagrada Familia}가 1883년에 설계가 시작되어 아직 미완이지만 대신 저 뉴욕의 호텔이라도 실행했다면 지금쯤 눈부시게 완성되었을지 모른다. 아까운 일이었다고 생각하며 이 오성 호텔에 묵는다.

고딕 지구^{Barri Gòtic}에도 가까운 중심부의 그란비아 거리에 면한 하얀 7층 건물. 모든 것이 호화롭다. 고전적이면서 더할 나위 없이 훌륭해 개장 당시부터 꿈의 호텔임은 틀림없다. 호텔 리츠 시절에는 여기에 그린 스케치처럼 화장실 근방이 좁기는 했지만 말이다.

* 세자르 리츠 César Ritz(1850~1918)
스위스 태생으로 사보이 호텔(Savoy Hotel) 지배인이 되었고 성공한 끝에 리츠 호텔을 각지에 열었다. 호텔왕이라 불린다.

사그라다 파밀리아 완성 모형 스케치.

* **콘래드 힐튼** Conrad Nicholson Hilton(1887~1979)
아메리칸 드림을 대표하는 실업가. 1919년 텍사스
주에서 호텔을 사들여 운영한 것을 시작으로 각지의
호텔을 손에 넣었다. 댈러스에 힐튼 호텔 제1호를
개장하고 뉴욕의 월도프 애스토리아(Waldorf Astoria)와
시카고의 파머 하우스(Palmer House)도 산하에 거두었다.

* **존 포트먼** John Calvin Portman(1924~)
미국의 건축가 겸 사업가. 애틀랜타의 하얏트 리젠시
호텔(Ryatt Regency Hotel) 아트리움 디자인으로 세계적인
주목을 받았다. 엠바카데로 센터(Embarcadero Center),
매리어트 마퀴스 호텔(Marriott Marquot Hotel) 등이
유명하다.

* **아트리움** Atrium
고대 로마 건축에서 실내에 만들어진 넓은 마당.
현재는 건조물 내에서 오픈 스페이스 구조부에 위치한
정원식 공간을 가리킨다.

* **안토니오 가우디** Antonio Gaudi(1852~1926)
스페인의 건축가. 자본가 에우세비 구엘(Eusebi
Guell)에게 발탁되었다. 구엘 공원(Park Guell), 콜로니아
구엘(Colonia Guell), 카사 밀라(Casa Mila) 등의 작품을
남겼으며 1883년 사그라다 파밀리아 교회(건설중이지만
세계문화유산) 주임 건축가로 임명되었다. 1926년 노면
전차에 치여 사망했다.

마조레 호수의 꿈

Il Sole di Ranco
일 솔레 디 란코

이탈리아 / 란코

Piazza Venezia, 5-21020,
Ranco-Varesse(Largo Maggiore), Italy
tel. +39 331 976507
fax. +39 331 976620
ivanett@tin.it
www.ilsolediranco.it

건축 가운데서도 호텔 설계에서의 치수는 특히 엄격한 구석이 있다.
호텔은 '공간이 상품'이므로 그 상품을 계획하는 건축 설계는 신체와
밀접한 시설이라는 점까지 더해 더없이 면밀해야 한다.

한편으로 호텔은 꿈을 파는 곳이라고 하지만 최근에는 아무래도
그렇게 말하기가 어렵게 되었다. 온갖 비용의 삭감으로 인해 손에
넣을 수 없는 그림의 떡이었던 호텔은 그 지위를 잃었고, 욕실 설비
등도 주택 쪽의 수준이 크게 올라가 호텔을 보면 오히려 집에 돌아가고
싶어지는 경우도 많아졌다. 가구, 비품 등은 말할 필요도 없다.
그래서 호텔 플래너와 디자이너는 꿈과 상품 계획 사이에서 무척
고심하게 된다.

이렇게 괴로운 내용만 쓰다가는 꿈도 시들어버릴 지경이지만
이번에는 이탈리아에 있는 꿈의 호텔로 간다. 밀라노 말펜사Milano-
Malpensa 공항에서 북쪽으로 35킬로미터. 마조레Maggiore 호수를
바라보는 절호의 입지에 꽃이 넘치는 작은 리스토란테 알베르고
ristorante albergo 레스토랑 호텔가 위치한다. 빙하가 만들어낸 널따란
마조레 호수를 향해 완만한 비탈이 펼쳐져 풍부한 조망을 확보한
최고의 입지이다. 이 부근은 스위스에 가까운 북이탈리아인데도 큰
호수와 태양 덕분인지 남국의 분위기가 만점이어서 고급 리조트에 온
기분이다.

도착한 때는 기울어진 햇빛이 곱게 잔디를 스치는 초여름
저녁이었지만 장미, 수국, 목련, 원추리, 재스민, 협죽도, 철쭉, 동백 등이

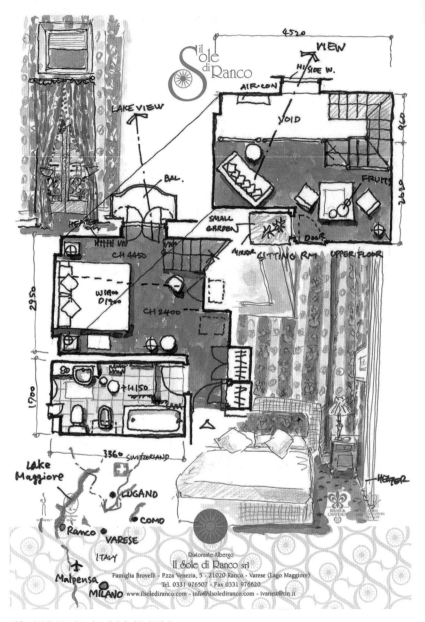

위층 거실에서 보이는 마조레 호수가 눈부시다.

정원 전체에 일제히 잔뜩 피어 무어라 표현할 수 없는 자욱한 꽃향기가
굉장했다.

15실 가운데 내가 묵은 게스트룸은 작은 2층이 있는 복층형이다.
위층에는 다락방 형태의 거실뿐이었지만, 화려한 빨강과 하양 줄무늬
직물을 붙인 벽에 짙은 파란색 카펫이 깔린 실내에서 호수 표면이 환히
내다보인다. 좁아도 통층 구조라서 개방감이 있다. 비데가 있는 욕실은
회색 일색으로 수수하다. 치수는 작지만 세심하게 구축한 배려가
엿보인다.

다이닝은 를레 & 샤토 그룹* 답게 근사하다. 아침식사용과
저녁식사용 레스토랑 두 곳 모두 옥외가 중심이다. 천막 위로 덩굴
식물이 뻗어 나가 낮에는 훌륭한 나무 그늘을 만들어낸다.

가이드북에 '아카시아 꿀로 조리한 비둘기 요리를 추천'한다고 적혀
있지만 내가 선택한 요리도 훌륭했다. 맛을 내는 솜씨가 좋다. 이탈리아
국기처럼 디자인한 파스타도 재미있다.

1850년 브로벨리 가문*에서 숙박업소를 열기로 한 이래 5대에
걸쳐 경영했다는데 인테리어를 우아하게 다시 꾸미고 요리의 평판을
떨어뜨리지 않으면서 꽃의 정원을 관리해 꿈의 호텔, 꽃의 호텔이라는
명성을 계속 유지하기란 이만저만 어려운 일이 아니다. 거대한
무화과나무와 목련을 올려다보며 역대 호텔 경영자들에게 경의를
표한다.

저녁때 요트 항구 주변의 호수 표면을 내려다보니 벌레가 성충이

되는 시기에 맞추어 송어 떼가 왕성하게 라이즈 rise 수면에서 일어나는
물고기의 포식 활동으로 물에 고리 모양이 나타난다를 하며 날뛴다. 제물낚시 도구를
가져오지 않은 것이 아까울 지경인데 놀랍게도 낚시꾼의 모습은
어디에도 없다. 이해가 안 된다. 낚시가 금지된 시기인가? 아니면
번거로운 허가가 필요한 것일까? 낚시질에 전혀 관심이 없나?

점심에 찾아올 손님을 위해 푸른 잎이 우거진 테라스에 벌써 테이블
세팅이 이루어지고 있다. 노란 테이블보에 현대적인 식기와 파란
유리잔을 늘어놓고 정원에서 딴 장미 꽃잎을 테이블 위에 흩뿌린다.

어떤 손님이 방문하는 것일까?

* 릴레 & 샤토 그룹 Relais & Châteaux
  프랑스에서 시작해 세계 520개 최상급 호텔과
  레스토랑이 가맹한 단체.

* 브로벨리 가문 Brovelli Family
  1850년 그라니 브로벨리(Granny Brovelli)가 사냥이나
  낚시를 하러 밀라노에서 마차로 오는 손님 등을
  위해 솔레 인(Sole Inn)이라는 7실 여관을 마련했다.
  100년 뒤에 자손인 카를로 브로벨리(Carlo Brovelli)가
  다이닝을 충실히 갖추어 스위스, 프랑스,
  독일에서도 최상의 호텔 & 레스토랑이라는
  평가를 얻었다.

바람이 잘 통하는 1층 로비.

상하이의 로켓

JW Marriot Hotel Shanghai
JW 메리어트 호텔 상하이
중국 / 상하이

555 Xi Zang Road(Middle),
Huangpu District
Shanghai, 200003, China
tel. +86 21 5359 4969
fax. +86 21 6375 5988
www.marriotthotels.com

늦가을의 상하이.

체크인도 하는 둥 마는 둥, 우선 상하이 게를 먹을 수 있는 레스토랑으로 직행한다. 욕심 부리듯이 잔뜩 먹고는 실로 평화로운 기분이 되어 런민 광장人民廣場 근처에 있는 JW 메리어트로 되돌아왔다.

이 시기 상하이는 항공편도 호텔도 만원이다. 2003년에 생긴 이래 최고급이라 칭송받는 이 호텔도 빈방이 이그제큐티브 클래스밖에 남지 않았다.

번화한 난징둥루南京東路에서 걸어갈 수 있는 입지. 신흥 지구

푸둥浦東에서는 그렇게 할 수 없다. 서비스 아파트 호텔과 아파트의 중간 기능을 가진 주거 시설 상부가 호텔로 342실을 갖추었다. 38층이 로비이고 59, 60층은 각종 서비스를 받을 수 있는 이그제큐티브 라운지이다.

그 무렵 시내에 초고층 건물이 이미 2천 곳이 넘었는데도 왠지 여기저기 식물이 자라는 듯한 속도로 개발이 진행되고 있었다. 최근 상하이의 스카이라인은 도가 지나치다고 생각하는데 이 호텔도 실루엣이 로켓 같아서 눈에 잘 띈다. 존 포트먼 사무소에서 설계했다.

내장은 훌륭한 시공 정밀도를 보여주어 이전과는 격세지감이 있다. 로비 바닥은 돌을 '어지럽게' 붙였는데도 뜻밖에 '맞댄 줄눈*'. 아무리 지진이 없다고는 해도 이렇게 할 수 있다니 부럽다.

이런 돌에 대한 집착은 객실 욕실까지 이어진다. 맞댄 줄눈은 물론, 모서리 부분의 '도메*' 가공은 원목으로 한 것처럼 솜씨가 뛰어나다. 벽에 100밀리미터 간격으로 들어간 V 줄눈*은 더욱 정교해서 석재의 실제 치수가 얼마인지조차 분명히 드러나지 않는다. 일본에서는 항상 돌 붙이기 작업을 하는 업자와 실seal과 줄눈 3밀리미터 언저리에서 공방을 벌인다는데.

느닷없이 상세한 이야기가 되어버렸지만 게스트룸은 빼어나게 훌륭하다. 창틀 밑부분이 높아서 거기에 맞춘 것인지 침대 높이가 600밀리미터가 넘는다. 잠자면서도 공중에 뜬 느낌이다. 목재는 착색한 '애니그레*'. 돌만이 아니라 나무의 섬세한 부분에도 잔재주가 발휘되었다. 카펫은 수제품이다. 중국풍도 비품 범위로 제한한 점이

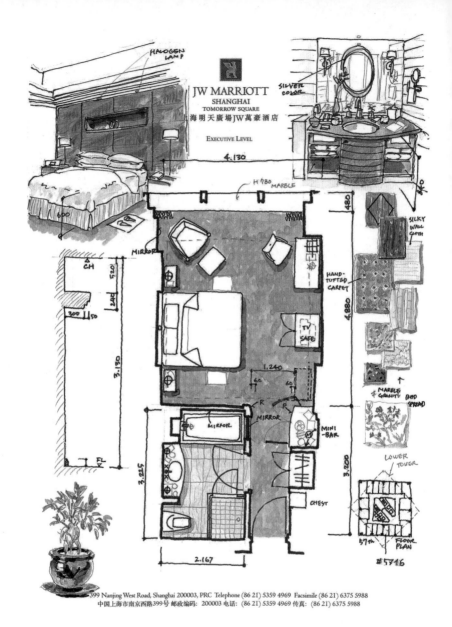

JW MARRIOTT
SHANGHAI
TOMORROW SQUARE
上海明天廣場JW萬豪酒店

EXECUTIVE LEVEL

399 Nanjing West Road, Shanghai 200003, PRC Telephone (86 21) 5359 4969 Facsimile (86 21) 6375 5988
中国上海市南京西路399号 邮政编码: 200003 电话: (86 21) 5359 4969 传真: (86 21) 6375 5988

정통적인 배치인데 그 수준이 높다.

좋다. 욕실 장식은 완벽한데 화장실 배수 흐름은 좋지 않아 평점을 떨어뜨렸다. 겉으로 보이지 않는 곳의 시공에서는 이치를 벗어난 것일까?

그럼 실측도 했으니 밖으로 나가보자.

차로 1시간 걸리는 저우좡周莊과 상하이에서 비교적 가까운 주쟈쟈오朱家角, 물이 아름다운 두 마을을 방문한다. 쑤저우蘇州의 정원과 달리 생활과 관광이 적당히 섞여 '그림이 되는' 물이 있는 풍경에 감격했다. 물이 보이고 자동차는 보이지 않는 생활 리듬에 느긋한 기분이 된다. 다관茶館에 들어가니 나이 지긋한 가게 주인의 슬로 라이프가 엿보여 이런 곳에서 살아도 좋겠다는 생각이 든다. 가볼 만한 곳으로 추천한다.

시내로 돌아와 상하이 조계 시대의 서구 향기가 남은 오래된 호텔이 새로 단장하는 모습을 본다. 또하나 생기는가 하는 느낌을 부정할 수 없다. 상하이의 노스탤지어도 어느 정도 남겨놓는 절묘한 리노베이션 디자인을 보여주었으면 한다.

거리도 그렇다. 역사가 층층이 쌓여 과거와 현재가 조화된 아름다운 거리의 매력은 일시적 개발로는 결코 만들어낼 수 없다. 대성황을 이루는 시내의 '신톈디新天地'는 보존과 개발이 매우 잘 된 장소로 성공 사례이지만 보존과 재생 사이에서 위태롭게 '아웃'이 되어버린 일본 각지의 많은 사례들처럼 상하이와 그 근교도 아슬아슬한 지점에 다다른 듯이 보이기도 한다.

자, 앞으로 어떻게 하겠습니까?

저우짱은 운하의 거리. 돌쌓기에 눈길이 간다.

* **맞댄 줄눈**
  같은 재료끼리 줄눈 없이 바싹 붙여 공사할 때의
  이음매.

* **도메** 上め
  두 가지 재료가 만날 때 그 각도를 절반으로 나누어
  잇는 것.

* **V 줄눈**
  같은 재료끼리 줄눈에 접하는 부분을 V자로 꺾는 것.

* **애니그레** Anigre
  실버 하트(Silver heart), 이탈리안 월넛(Italian
  walnut)이라고도 하는 목재. 외장 마무리 자재로
  사용된다.

헤밍웨이와 송어

Hostal Burguete
호스탈 부르게테
스페인 / 부르게테

31640-AURITZ-BURGUETE(Navarra), Spain
tel. +34 948 760 005
info@hotelburguete.com
www.hotelburguete.com

이번에는 내륙 바스크Basque. 프랑스와 스페인에 걸쳐 있는 바스크
지방은 민족도 언어도 두 나라와 다르다. 사람들은 표정이 엄숙해
보이고 참으로 검소하다. 발밑 청소까지 구석구석 빈틈없이 되어 있고
독특하게 빨강과 하양으로 배색한 건물들의 창 주변을 장식해놓아
그 통일감이 멋지다. 바스크 사람의 기질이 엿보인다.

부르게테는 프랑스와의 국경, 산마루 바로 아래에 있다. 스페인 쪽의
내륙 바스크 지방에 있는 작은 마을이다.

이 마을의 중심에 헤밍웨이가 묵었다는 소박한 호스탈*이 있다.

방문한 때는 5월 하순인데 진눈깨비가 내리는 이상 기상이었다.
얼어붙은 추위 속에서 체크인. 건물은 작고 사랑스럽다.

　헤밍웨이의 소설 『태양은 다시 떠오른다The Sun Also Rises』에서 화자인
제이크가 친구 빌과 팜플로나Pamplona에서 버스를 타고 부르게테
마을에 가서 며칠 머물며 이라티Irati 강 계곡까지 걸어가서 송어
낚시를 하는 장면이 있다. 그것을 즐겁게 읽은 터라 나도 언젠가는
해봐야지 하고 생각했다. 약간 허영 같지만 철저히 조사해 친구 K씨를
꾀어 제물낚시 도구를 지니고 사실 일부러 여기까지 먼길을 찾아왔다.

　이 숙소는 새롭게 다시 꾸민 모양이었다. 장식된 옛날 사진을 보니
건물도 위로 한 층 증축했다. 어두운 계단은 발판이 닳았고 조금 넓은
복도 형태의 로비는 그 자체가 골동품 같았다.

　방의 책상, 정리장, 옷장 등은 오래된 것을 사용하는데 옷장 같은 큰
가구는 벽에 붙박이로 되어 있다. 그래도 인테리어는 극히 단순하다고
할까. 간소하지만 허술하지는 않다. 편지지는 당연히 없다. 날씨가
추웠는데 라디에이터 그릴 라디에이터 앞에 격자 모양으로 설치하는 뚜껑 이 있어서
은은하게 따뜻한 기운이 퍼진다.

　헤밍웨이가 23호실에 장기 체류했다는데 다른 투숙객이 있어
그 방은 볼 수 없었다.

　저녁식사는 매우 합리적인 가격이지만 정식 메뉴밖에 없다. 산티아고
데 콤포스텔라Santiago de Compostela를 걸어서 순례하는 사람들이
차가워진 몸에 뜨거운 포토푀pot-au-feu 고기와 채소를 삶아 만드는 프랑스식 스튜

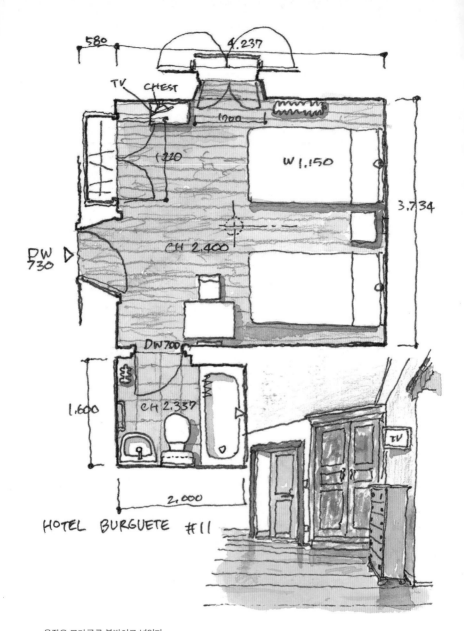

HOTEL BURGUETE #11

옷장은 고가구를 붙박이로 넣었다.

등을 와인에 홀려 만족스럽게 집어넣는다.

낚시 허가에 대해 들으려고 서비스하는 아저씨에게 "내일은 (영어를 할 줄 안다는) 이나키 씨가 옵니까?"라고 묻자 "네"라고 한다. 다음날 아침 그 아저씨에게 "이나키 씨는요?"라고 다시 물었더니 "네, 접니다"라고 답한다. 그냥 웃고 말았다. 거짓말은 하지 않았으니.

앞서 말한 소설에서는 두 사람이 송어를 몇 마리 낚아 올린다. 그 이라티 강은 산 하나 너머에 있다. 아리베Aribe라는 마을에 가보았다. 낚시하기 좋은 하천인지는 몰라도 로마풍의 아름다운 돌다리가 있어 멋지다. 하지만 낚싯대를 흔들어도 입질은커녕 라이즈도 없다. 수온이 너무 낮아 활성화되지 않은 것이다.

그 소설은 역시 픽션이었다고 억지를 부려본다.

* 호스탈 hostal
스페인에서 호텔보다 한 등급 아래의 숙박 시설.
개인 경영이 많다.

사랑스러운 외관. 최상층은 증축했다.

취권 디자인

Mondrian Los Angeles
몬드리안 로스앤젤레스

미국 / 로스앤젤레스

8440 Sunset Boulevard Los Angeles
CA90069, U.S.A.
tel. +1 323 650 8999
fax. +1 323 650 5215
www.morganshotelgroup.com

로스앤젤레스의 몬드리안이 새롭게 단장했다.

디자인은 원래의 필립 스탁*이 아니라 벤저민 노리에가 오르티스 Benjamin Noriega-Ortiz가 맡았다. 예의 거대한 화분은 남아 있었지만 확실히 스탁의 강한 개성은 사라지고 모건스 호텔 그룹*다운 세련된 품위가 여기저기에 충만하다. 로스앤젤레스의 젊은 유명인들이 밤마다 레스토랑이나 수영장에 모여 늦게까지 크게 환성을 지르며 정말 떠들썩하다. 그런 무대로는 안성맞춤인 디자인이다.

로비에는 간접광과 보일voile 커튼과 거울이나 유리를 많이 사용했고 고전적 가구를 오브제화해 일상성을 깨뜨린다. 일반 호텔과 비교하면 실로 자극적이기까지 한 자유분방한 면이 게스트룸까지 이어진다. "뭐지, 이건?"을 연발하게 되기 때문이다.

침대 헤드보드와 디자인이 같은 거대한 소파. 바닥에서 천장까지 다리 하나로 지탱해 회전하는 큰 오브제 같은 텔레비전은 뒤쪽이 붉은 거울로 되어 있다. 검은 무늬가 있는 테이블 위에는 '손'의 형상을 한 오브제가 놓여 있다. 단풍나무 목재 바닥에는 큰 플랜트 박스plant box가 듬직하게 자리잡고 입구 문 바로 옆에 있는 책상 위에는 샹들리에가 드리운다. 좌우 벽에는 보일 커튼을 쳤는데 커튼레일이 곡선을 이루는 곳도 있다.

욕실에는 샤워기뿐인데 변기 쪽 벽에 더블 훅double hook이 잔뜩 붙어 있다. 말하자면 마음껏 하고 싶은 대로 한 디자인이다. 모든 것이 '놀이'이다. 아슬아슬하지만 간신히 '담장 위'에 있다고 할까? 이런

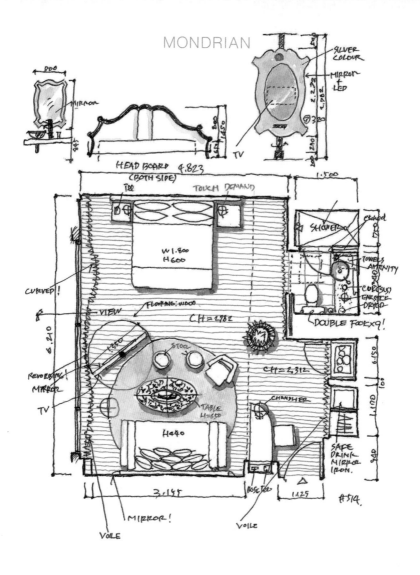

MONDRIAN

거울과 케이스먼트(casement: 드레이프와 레이스의 중간 성격으로, 조광이 적당하고 장식 효과가 강한
커튼 직물)에 둘러싸인 인테리어.

세계에서는 장식도 하나의 아이콘이다.

이렇게 '첨예한' 호텔의 적은 진부해지는 것이다. 언제나 최전선, 전위여야만 하기 때문이다. 그렇지 않게 되었을 때 아마 어쩔 수 없이 다시 새로 단장할 것이다. 여기도 냉엄한 세계이다.

한편 원조인 스탁으로 말하자면 같은 로스앤젤레스에 2008년 가을에 문을 연 SLS 호텔스 앳 베벌리힐스*라는 호텔 디자인으로 기염을 토하고 있다. 스타우드 그룹Starwood Group 계열이다.

마치 장난감 상자를 엎어놓은 것처럼 가구점이나 골동품점 안을 걷는 듯한 착각에 빠지게 한다. 호세 안드레스José Andrés가 만든 즐거운 다이닝룸 바자르The Bazaar. 수술실처럼 패닉 도어 핸들*이 즐비한 연회장. 입구에는 소파가 로비에서 밀려 나온 것처럼 바깥에 놓여 있고 풀사이드에는 액자에 끼운 대형 거울이 늘어서 있어서 머리가 이상해지는 기분이다. 이치에 맞거나 효율을 중시하는 세계와는 전혀 다르다. 그래도 총 297실인 객실은 뜻밖에 얌전했다.

중국 무술에는 술에 취한 듯한 권법인 '취권'이라는 것이 있다(정말로 있는지 어떤지 모르겠지만). 두 호텔 디자인은 취권을 떠올리게 했다. 위태롭게 취한 것처럼 보이는 가운데 절묘한 역량이 숨어 있는 듯한 느낌이다.

여하튼 로스앤젤레스에 간다면 이 두 호텔은 놓칠 수 없다. 물론 모두가 꼭 그렇게 생각하는 것은 아니지만 그 방면의 최전선을 확인하기 위해서라도……

* **필립 스탁** Philippe Starck(1949~)
건축, 인테리어, 가구, 출판, 제품 디자인 등 다양한
분야를 다루는 프랑스 디자이너.

* **모건스 호텔 그룹**
구미의 도시와 휴양지에 고급 부티크형 호텔을
소유한 그룹.

* **SLS 호텔스 앳 베벌리힐스** SLS Hotels at Beverly Hills
465 South LA Cienega Blvd., Los Angeles, CA90048
slshotels.com/beverlyhills/

* **패닉 도어 핸들** panic door handle
긴급 상황이나 병원 수술실 등에서 손잡이를
조작하지 않고 열 수 있는 문.

벽에 오브제처럼 잔뜩 달린 더블 훅.

피에몬테의 마리오

Locanda del Pilone
로칸다 델 필로네
이탈리아 / 알바 근교

Frazione Madonna di Como,
34 12051 Alba (Cuneo) Piemonte, Italy
tel. +39 173 366 616
fax. +39 173 366 609
info@locandadelpilone.com
www.locandadelpilone.com

개암 크래커

이탈리아 피에몬테 지방, 바르바레스코Barbaresco와 바롤로Barolo
와이너리 두 군데를 방문하게 되었다. 둘 다 그 지역에서 1, 2위를
다투는 와이너리로, 광대한 포도밭을 눈앞에 두고 생산자의 철학을
들으며 호사스러운 시음을 할 수 있었다.

와인 작업장 앞에는 붉은 장미와 제라늄, 자주색 라벤더, 노란색
금잔화, 재스민, 능소화, 협죽도 등이 한창 산뜻하게 피어 있다.

이 지역의 산들은 마치 광대한 야외 아레나가 이어지는 듯한
형태로 이루어져 태양의 움직임을 온종일 듬뿍 붙들어 담을 수 있는
자연이 만들어낸 오목한 포물면 구조였다. 그것이 끝없이 펼쳐진 와인
작업장이니 그야말로 장관이다. 그러나 바르바레스코와 바롤로라는
이름이 붙는 곳은 한정되고 더욱이 '순지르기'를 해서 한 그루에 대여섯
송이로 제한하므로 값이 비싼 것도 이해가 된다. 스테인리스 탱크에서
수년 그리고 다시 떡갈나무 통에서 묵혀 숙성된 와인은 보디body가
충실한 절품으로 바뀐다.

그렇게 와인을 벼락공부하면서 알바Alba 시내에서 그리 멀리 않은
마돈나 디 코모Madonna Di Como에 있는 농원풍 호텔로 달려 올라간다.
언덕 꼭대기에 있는 오래된 피에몬테 스타일의 농가와 외양간이었던
시설이 레스토랑 & 호텔로 리노베이션되었지만 이른바 애그리투어리즘*
농가 민박과는 다르다.

게스트룸은 6실뿐인데 내가 묵은 방은 농원의 유유자적한 기운이
들어와 기분좋은 주니어 스위트였다. 테라초 타일*을 바둑판무늬로

바람이 잘 통하는 방. 서늘한 테라초 바닥을 맨발로 돌아다닌다.

붙인 바닥이 서늘해서 맨발로 걷고 싶어진다. 흰 벽에 아무렇게나
걸어놓은 듯 보이는 15장의 회화와 판화는 잘 보니 성인聖人의 모습을
그린 소묘이다.

바람이 들어오는 욕실도 넓고 상쾌하다. 돌로 만들어진 카운터의
꺼칠꺼칠한 표면이 좋다. 천장 높이는 어디나 2,770밀리미터.
큰 책상에는 개암이 산더미처럼 쌓여 있어 개 조각이 달린 너트
크래커nut cracker로 까서 먹기 시작하니 멈출 수가 없다.

개 이야기를 하자면 이곳에는 '마리오'라는 이름의 케언테리어종
개를 놓아 기르는데 꼬리를 흔들면서 환영해주어 인기를 끈다. 하지만
손님이 불러도 절대로 레스토랑에는 발을 들이지 않는 예의범절에
감탄했다. 그만 우리 집 테리어와 비교하고 말았다.

그런데 그 레스토랑이 또한 훌륭하다. 예전에 소먹이인 건초를
떨어뜨리던 구멍이 남아 있는 오래된 벽돌 볼트* 천장 아래 그 지방
와인에 어울리는 신선한 채소와 갖가지 고기 요리가 나온다. 그것은
아침식사까지 이어져 딸기와 요구르트, 오렌지 주스, 견과가 들어간
페이스트, 치즈, 빵 등 이곳의 산물을 맛보는 확실한 기쁨이 있다.
주방장 마우리치오 콰란타Maurizio Quaranta 씨와 부인 사브리나Sabrina
씨가 만들어내는 세계다.

일찍 일어나 객실 창 너머로 때에 따라 차츰 모습을 바꾸는
포도밭의 빛과 그림자를 바라보고 있으니 며칠 더 머물고 싶어진다.

안녕, 마리오. 또 올게.

창밖에는 포도밭이 끝없이 펼쳐진다.

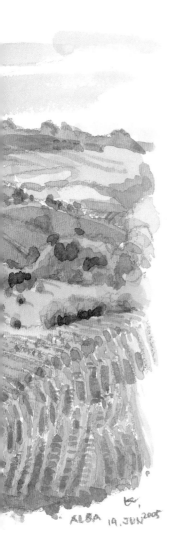

ALBA 19. JUN 2005

★ 애그리투어리즘 agritourism
도시 거주자가 농촌이나 농장에서 휴가, 여가를
보내는 것. 농촌 민박.

★ 테라초 타일 terrazzo tile
잘게 부순 돌을 굳힌 인조석을 타일 모양으로
형성한 것.

★ 볼트 vault
둥근 천장. 원통형, 교차형 등이 있다.

필수 도구와 사용법

여행을 떠날 때 일단 잊어서는 안 되는 것. 외진 곳에는 사인펜조차 없어 찾아 헤맨 적도 있다. 그러나 도구가 부족해도 어떻게든 그린다.

나는 반드시 호텔에 비치된 편지지에 그린다. 호텔 이름과 주소까지 적혀 있기 때문인데 더러 수채에 맞지 않는 종이인 경우도 있다. 편지지가 없을 때는 어쩔 수 없이 스케치북에 그린다.

우선 평면과 침대를 측량해 50분의 1 그림을 종이 한가운데에 연필로 그린다. 침대는 모든 것의 중심이므로. 점차 세세하게 들어가지만 가구는 재지 않고 그린다. 치수를 적어넣고 사인펜으로 정서한 다음, 연필선을 전부 지우개로 지우고 수채로 색칠한다. 그림자도 넣는다. 여기까지 하는 데 한 시간 반. 이제 겨우 바에 갈 수 있다.

① 레이저 거리계
사실은 이것 없이 측정해야 하지만 이제는 반드시 휴대한다. 요즘은 작아져서 길이 127밀리미터이므로 주머니에 들어간다. 로비 같은 곳에서도 바로 사용할 수 있다. 조금 비싸다.

② 삼각 스케일
대개 50분의 1로 그리지만 스위트룸이나 아주 작은 방은 축척을 달리한다.

③ 연필
밑그림용으로는 H 정도.

④ 사인펜

가는 글씨. 수성펜이면 잘 말리고 나서 수채 작업을 한다.

⑤ 붓

큰 것, 작은 것 두 개 정도면 된다. 붓끝을 보호할 것.

⑥ 수채 물감을 짜놓은 팔레트

16색 정도로 충분하다. 색채 배합은 물감을 섞는 방법이 사진보다
정확하다. 색연필은 거의 쓰지 않는다.

⑦ 줄자

천이나 종이 줄자는 흐늘흐늘해서 안 된다. 쇠 줄자 2미터로 충분.

⑧ 지우개

연필 꽁무니에 달린 것으론 안 된다.

⑨ 붓 빠는 그릇

우유 팩 자른 것을 가지고 다니면 호텔 컵을 빌려 쓰지 않아도 된다.

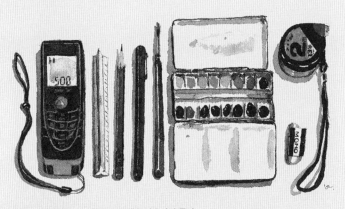

필수 도구. 붓 빠는 그릇은 우유 팩을 사용하면 좋다.

연한 컴포즈 블루

Four Seasons Hotel George V
포 시즌스 호텔 조르주 생

프랑스 / 파리

31, Avenue George V, 75008 Paris, France
tel. +33 1 49 52 70 00
fax. +33 1 49 52 70 10
www.fourseasons.com/paris

파리 국제 가구 견본시에 '모기장'을 출품하러 갔을 때였다.

일본 가옥에서는 모기장이 냉방과 방충망 때문에 밀려난 형편이지만 모시에 에워싸인 그 공간에 살짝 들어가면 방충은 물론이거니와 무어라 말할 수 없이 기분좋다. '그것을 다시 한번!'이라는 생각에 어디서나 스스로 칠 수 있는 작은 정사면체 텐트형으로 디자인한 모기장을 전문 업자를 통해 만들어 파리에서 지하철로 행사장까지 옮겼다.

평판이 더없이 좋아서 거래 문의도 많았고 잡지 《마리 클레르Marie Claire》에 채택되어 나중에 아프리카 나미비아의 사막에서 촬영해 화보로 실리게 되었다. '명상 공간'이라는 제목이 붙었지만.

호텔은 떠들썩한 곳을 피해 오랜만에 조르주 생을 찾아갔다.

파리의 최고급 호텔은 리츠, 크리용Crillon, 브리스틀Bristol, 플라자 아테네Plaza Athénée 등 전통적인 호텔을 많이 꼽을 수 있고 지금까지도 높은 수준을 자랑하지만 최근 미국이나 중국계, 중근동 등의 국외 자본에 의한 매수나 계열화가 두드러지면서 순수한 프랑스계 호텔이 현저히 줄어들고 있다. '파리의 미국인'에게는 이길 수 없게 되었나? 인테리어 디자인까지 미국인 취향으로 다시 꾸며버린 곳도 적지 않다.

방돔의 파크 하얏트는 조금 색다른 멋이 깃들어 있지만 이 '미국인 취향'이라는 것은 대체로 컨템퍼러리 모던이 아니라 밝은 클래식을 지향한다. 유럽에 왔으니 이렇게 해야지 하는 기분일까?

1928년에 창업한 이 조르주 생도 그중 하나이다. 1999년에

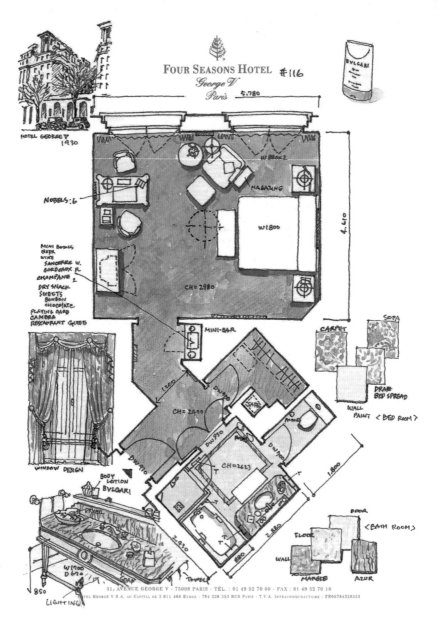

FOUR SEASONS HOTEL #116
George V
Paris 5,780

기조색은 컴포즈 블루.

포 시즌스의 표준을 도입해 새로 꾸미면서 완전히 밝아진 모습으로 재등장했다. 퍼블릭 스페이스가 벌꿀색 석회암과 흰색으로 통일되었다.

스위트룸 61실을 포함해 245실. 내가 묵은 게스트룸은 디럭스형인데 건물 구조 때문인지 침대 구역과 욕실 구역이 분리된 변형 배치이다. 1층 바로 위 옥상에 면하는데 그럼에도 조용한 분위기가 지켜진다.

실내의 색은 연한 컴포즈 블루compose blue가 기조라서 매우 밝다. 카펫과 드레이프drape, 베드 스프레드 등의 바탕색에 많이 사용되었다. 벽은 크림색 페인트, 통로는 같은 계통 색 벽지를 사용해 산뜻하다. 그러나 욕실 세면 카운터 등에는 아쥐르azur라는 귀한 푸른색 대리석이 호사스럽게 사용되었다. 비누와 샴푸 등 욕실 비품은 모두 불가리 제품. 목욕 수건은 크고 파일 밀도가 높아 두껍다. 시트류는 무명실 번수가 참으로 가늘어 마치 비단 같다.

큰 안락의자에 몸을 맡기고 비치된 편지지 세트를 보니 개업 무렵의 호텔 사진이 그림엽서로 남아 있다.

그것을 보며 생각한다.

옛날의 조르주 생에 있었던 어떤 명암이 만들어내는 좋은 느낌을 약간 남겨놓았더라면…….

달콤한 향기

Villino
빌리노
독일 / 린다우

Sonja und Reiner Fischer
Hoyerberg 34 88131 Lindau /
Bodensee, Germany
tel. +49 83 82 93 45-0
fax. +49 83 82 93 45-12
info@villino.de
www.villino.de

레스토랑의 빨간 의자.

만남ふれあい, 수제てづくり, 온기ぬくもり, 상냥함やさしさ, 추억おもいで,

언약かたらい, 배려きくばり, 동경あこがれ, 상쾌함さわやか, 설렘ときめき,

어머니おふくろ, 행복しあわせ, 인도みちびき, 미소ほほえみ, 눈빛まなざし,

기쁨よろこび, 일미ひとあじ, 평온やすらぎ, 고집こだわり, 차림よそおい, 진심まごころ,

고향ふるさと……

  왠지 이런 히라가나 네 글자로 된 낱말을 싫어한다. 말에는 죄가
없건만 어딘지 모르게 '거짓'이나 '기만'이 보이는 듯한 느낌이다.

  이 호텔의 잘 만들어진 웹사이트에도 미사여구가 넘치지만
영어라서인지 그리 신경쓰이지 않는다. 실제로 묵어보니 그런 광고
문구가 자연스럽게 나올 만큼 '귀여운かわいい' 호텔이라 거짓이나 기만은
아닌 듯이 여겨졌다.

  그날은 친구 부부와 이탈리아 쪽에서 스위스 알프스를 지나 독일로
들어왔다. 콘스탄츠Konstanz 근처에 있는 보덴 호Bodensee는 호수
한곳에서 세 나라(가 만나는 호화로운 휴양지이다.
표지도 없는 농로를 달려 도착했다.

  2000년부터 를레 & 샤토 그룹에 들어온 16실밖에 없는 작은 여관
같은 레스토랑 호텔.

  파란 아이리스 꽃이 호텔의 상징인데 과연 정원이 훌륭하다. 하얀
장미와 라즈베리로 이루어진 터널, 소생활권* 풍의 연못, 분수,
넘치도록 많은 꽃과 허브를 모아 심어놓은 꽃의 호텔. 밤에나 아침에나
정원에 앉아서 산뜻한 색과 달콤한 향기를 즐긴다.

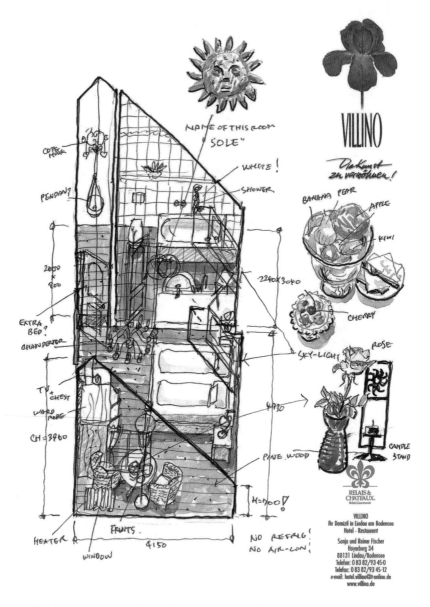

'태양'이라는 방 이름 그대로 천창에서 햇빛이 쏟아진다. 욕실은 새하얗다.

레스토랑은 미슐랭에서 별 하나를 받았다고 한다. 그날 밤은
꽃향기가 감도는 기분좋은 정원 자리였다. 이탈리아와 아시아를
혼합해 독일이라고는 생각되지 않는 맛을 내놓는다. 최근 세계적으로
일본을 비롯한 아시아 음식이 유행이 되어버린 까닭인지, 이곳도 하얀
사각 접시를 곧잘 사용하고 채소를 초밥이나 춘권처럼 말아놓았다.
굳이 아시아를 내세울 필요가 있었나, 라는 생각이 들었지만 그래도
맛있다. 와인 목록은 충실하다.

이제 게스트룸.

내 방은 '태양'이라는 이름의 가장 작은 다락방이다. 높이가
700밀리미터에서 3,960밀리미터에 이르는 비스듬한 천장은 지붕
구조를 그대로 보여준다. 물론 머리가 부딪히는 곳도 있지만 소공녀*
세라 같은 기분이 된다. 천창이 없었다면 어두운 다락방이었겠지만
낮에는 눈부실 만큼 밝고 밤에는 천창을 전부 열어 하늘에 가득한
별을 보며 욕탕을 사용하면 아주 유쾌하다.

친구네 방은 광대한 아파트 스타일이었다. 역시 지붕 구조를
노출했지만 머리가 부딪히지 않고 부엌과 거실 등 방이 몇 개나 딸려
장기 체류에 좋을 것이다. 발코니에서 정원도 한눈에 바라볼 수 있다.

이런 이탈리아 취미, 괴테가 '그대는 아는가 남쪽 나라'라고
했던 동경이 아직껏 독일인의 마음속에 있다고 느껴진다. 빌리노란
이탈리아의 여름 별장이나 작은 빌라를 뜻한다.

눈에 휩싸이는 겨울에도 좋을 것 같다. 사계절을 통틀어 즐길 만한

꽃이 넘치는 정원.

여관. 자연에 녹아드는 물매 지붕의 작은 여관과 달콤한 향기의 정원은 인간이 자연의 한 부분임을 상기시켜준다.

네 글자도 미사여구도 필요 없는 세계.

* 소생활권 biotope
야생동물의 서식과 이동에 도움을 주는 도심에 있는 인공물이나 자연물.

* 소공녀 A Little Princess
미국 소설가 프랜시스 호지슨 버넷 Frances Hodgson Barnett이 1888년에 쓴 아동문학. 유복한 가정에서 자란 세라가 아버지의 죽음 이후에 다락방에서 생활하는 이야기.

붉은 카펫

Jin Jiang Hotel
진장 호텔
중국 / 상하이

59 Maoming South Rd, Luwan District
Shanghai, China
tel. +86 21 32189888
fax. +86 21 64725588
jj.jinjianghotels.com

만리장성이나 병마용*을 들먹이지 않아도 중국에는 인간이
만들어낸 산물 가운데 정신이 아득해질 만한 것이 많은데 이번에
찾아간 징항京杭 대운하도 그중 하나이다.

베이징과 항저우杭州 사이 무려 1,749킬로미터를 수나라 시대에 파기
시작해 완성했다고 한다. 그리고 쑤저우 남쪽의 바오다이차오宝带桥처럼
일부에는 옆길이나 다리를 만들어 '배를 예인'했다는 것이다. 광대한
국토와 수상 운재. 장대한 운하를 손으로 파고 짐을 실은 배를 사람이
끈다. 참으로 아찔해지는 이야기가 아닌가?

쑤저우에 있는 몇 군데 유명한 정원이나 태호석*은 아무리 설명을 들어도 감이 오지 않았지만 이 운하에는 두 손 들었다.

이런 생각을 하면서 상하이로 돌아와 도시 거의 한가운데 오래된 호텔 중 하나라는 14층 진장 호텔錦江飯店에 투숙한다. 원래는 1928년에 만들어져 캐세이 하우스Cathay House 또는 그로브너 하우스Grosvenor House 등으로 불린 외국인용 콘도미니엄이었다. 베이러우北樓개새어 맏였는 외벽의 약간 자주색을 띤 벽돌과 하얀 창문 주변이나 기둥 모양의 대비가 아름답고 주차 공간 등은 당당하다. 세련되게 보이지만 조금 어둡다. 이곳은 한 구역의 대지에 건물 몇 동이 넉넉하게 서 있는데 진장 그룹이 682실이나 되며 이 호텔만으로도 528실이다. 가든 주위에 수영 경기가 가능한 수영장과 회의실이 있는 건물, 쇼핑 건물 등도 있다. 호텔 앞에 잔디밭을 사이에 두고 있는 고층건물은 1934년에 건조된 구이빈러우貴賓樓이다. 이른바 VIP 고객들이 이용하는 영빈시설로, 닉슨 전 대통령이나 다나카 가쿠에이 전 수상, 덩샤오핑 전 총서기 등이 이용했다. 공개할 수 있는 곳만 내부를 보여주었는데 의장이 훌륭하고 엄숙하지만 여기도 어쩐지 어둡다.

도로를 사이에 두고 호텔 오쿠라ホテル オークラ가 운영하는 가든 호텔 Garden Hotel. 花園飯店이 가깝다. 미쓰코시三越 백화점도 들어와 있어 일본인에게는 매우 편리하다. 주변 길가에 전통 의상이나 소품 가게가 있어 구경하는 재미도 있다.

상하이에는 새로운 초현대적 호텔이 잇달아 건설되지만 오래된

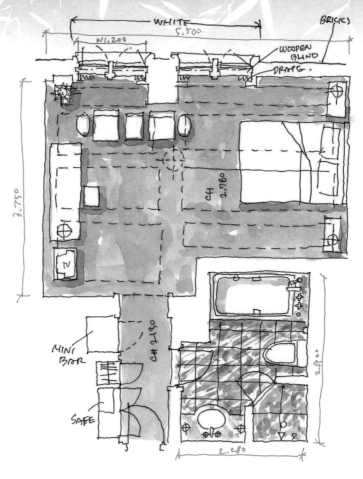

中国上海茂名南路59号 电话：021-62582582 62534242 传真：021-64725588 邮政编码：200020

59 Mao Ming Road(S) Shanghai China Tel : (86) 21-62582582 62534242 Fax : (86) 21-64725588 Post Code : 200020

http://www.jinjianghotelshanghai.com 电子邮件 E-mail : jinjiang@public2.sta.net.cn

锦江国际管理公司管理 Managed By Jin Jiang International Corporation

붉은 카펫이 중국다운 이미지.

서양식 건물을 단장한 고전적인 호텔도 인기 있다. 몰러 빌라*나
루이진 호텔* 등이 그 예이지만 유감스럽게도 원래 양식을 살리지
않았다. 더욱 세련된 것을 추구한다.

진장에서 묵은 방은 창문 두 개에 해당하는 공간이었다. 요즘 보기
드문 붉은 카펫이 깔려 있다. 한가운데를 널찍하게 비우고 가구를 놓지
않은 점이 중국답다. 요즘 같으면 큰 가구를 자유로이 배치할 것이다.
천장에는 들보 형태가 드러난다. 욕실은 4개 1조로 넉넉하게 되어 있어
사용하기 편하다. 레스토랑도 갖추었는데 전체에서 조금씩 단장이
진행되고 있었다.

* 병마용 兵馬俑
  1974년에 시안(西安) 근교의 진시황릉 근처에서
  발견된 무사와 말, 전차를 본떠 진흙으로 만든 인형.
  무사용만 해도 약 8천 개가 있다. 세계문화유산.

* 태호석 太湖石
  쑤저우 둥팅 산(洞庭山) 타이후 호 太湖 연안에서
  채집된다는, 구멍이 많이 뚫린 기묘하게 생긴 돌.
  귀중하게 여겨진다.

* 몰러 빌라 Moller Villa
  衡山馬勒別墅飯店. 영국 국적의 유대인 여객
  몰러 Eric Moller가 1936년에 건조한 북유럽풍 빌라.
  2,451제곱미터, 108실이 있다. 陝西南路30號.

* 루이진 호텔 Ruijin Hotel
  瑞金賓館. 영국인 모리스 Morris 의 별장.
  잔체스크 스타일. 홈메이징 ＋ 주류로 무무가 살았다.
  넓은 정원과 4층 친관도 있다. 瑞金二路118號.

쑤저우 동남쪽에 있는 '바오다이차오'.

宝带橋/蘇州

붉은 고블렛

Hotel Danieli Venezia
호텔 다니엘리 베네치아

이탈리아 / 베네치아

Riva degli Schiavoni, 4196
30122, Venice, Italy
tel. +39 41 5226480
fax. +39 41 5200208
danieli@luxurycollection.com
www.danielihotelvenice.com

세계적인 디자인 박람회로 알려진 밀라노 살로네를 보고 나서 베네치아로 이동했다. '지혜열'이 날 정도로 자극을 받아 약간 피곤해졌다.

이곳 다니엘리와 그리티* 등은 언젠가 묵고 싶다고 동경했던 베네치아의 호텔이다. 일찍이 싸구려 여관을 감내하던 나에게는 프루스트 Marcel Proust가 머물렀다거나 조르주 상드 Georges Sand와 뮈세 Alfred de Musset의 사랑의 보금자리로 알려진 다니엘리 같은 곳은 꿈속의 꿈이었다.

깊은 밤에 버스 같은 보트에서 내려 어두운 바닷가를 따라 걸어와 팔라초 두칼레 Palazzo Ducale 뒤쪽의 분홍색 외벽을 우러러보다 닫힌 문을 열어주어 체크인했지만 당당하게 소형 크루저 같은 것으로 정박했어야 하는 호텔인지도 모른다.

아아, 몇 번이나 사진으로 보았던 그 유명한 베네치아 고딕 양식의 어둑어둑한 통층 구조가 거기에 있다.

마침내 왔다.

14세기 말, 베네치아 공화국 원수 엔리코 단돌로 Enrico Dandolo의 궁전으로 지어졌다지만 아트리움에 낡은 느낌은 없다. 그 뒤에 주세페 달 니엘 Giuseppe Dal Niel이 사들여 자신의 별명인 '다니엘리'를 호텔에 붙였다.

붉은 술이 달린 열쇠를 받아 방에 들어오니 새로 단장해 더없이 정통적인 배치가 되었지만 그곳은 역시 베네치아다. 무라노 유리*

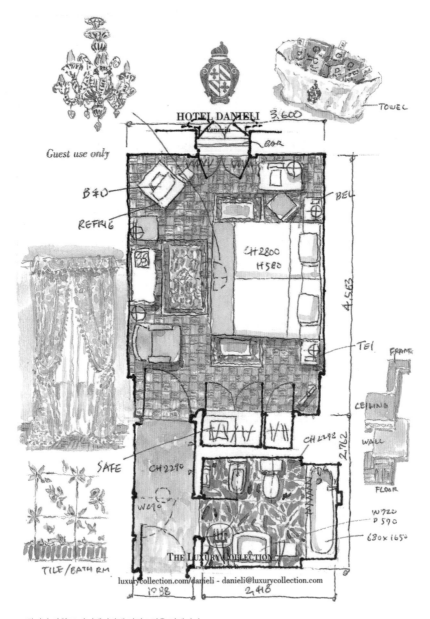

HOTEL DANIELI
Venezia

TOWEL

Guest use only

B&O

REFRIG

BAR

BEL

CH 2800
H 580

TEL

FRAME

CEILING

WALL

FLOOR

SAFE

CH 2290

CH 2292

W 690

W 720
D 590

680 x 165°

THE LUXURY COLLECTION

luxurycollection.com/danieli - danieli@luxurycollection.com

TILE/BATH RM

3 600

4 563

2 762

1 098

2 418

작지만 알차고 다니엘리답게 사랑스러운 인테리어.

샹들리에가 맞이해준다.

밝은 녹색을 기조로 한 사랑스러운 색채 계획. 그림물감으로 조합해보니 벽도 달걀색에 가깝지만 실로 미묘하게 색을 사용했음을 알겠다. 절대 넓지 않은 방이지만 넘치거나 모자라지 않은 가구 비품에 둘러싸여 정말 마음이 안정된다.

침대 시트는 본마를 사용했고 욕실 주변도 무엇 하나 거슬리는 것 없이 쾌적하다. 커다란 세면기가 반갑다. 새빨간 마크를 수놓은 하얀 타월 천으로 만든 비품 바구니와 목욕 가운 등은 여성이 아니어도 무심결에 웃음 짓게 한다. 요금 500유로는 비싸지만 명세를 보면 수긍이 간다.

본마 시트에 휩싸여 느긋하게 쉰 다음날 아침, 창 바로 아래에 곤돌라가 머무는 작은 운하를 내려다보며 의복을 갖추어 입고 최상층 레스토랑 테라차 다니엘리Terrazza Danieli로 간다.

테라스에는 한껏 푸른 하늘이 펼쳐져 있다. 반짝반짝 빛나는 수면 저편에 산조르조 마조레 교회가 손에 잡힐 듯 가까이 보이는 멋진 조망이다. 지금은 고인이 된 야스이 가즈미 씨가 이곳에서 식사를 즐기며 쓴 위트 넘치는 글을 떠올린다.

바닷바람이 잔잔히 분다. 이런 호텔에서 하품이 나올 만큼 머물면 좋으련만 벌써 몸이 근질근질해졌다. 산마르코San Marco 광장은 관광객으로 가득하지만 '붉은 고블렛'이라도 찾으며 영화 〈여정〉의 기분에 빠져들어볼까?

★ 그리티 Hotel Gritti Palace

구시가 중심지 카날 그란데(Canal Grande)에 면한 오성
호텔. 공화국 시대의 도제 안드레아 그리티(Andrea
Gritti)의 거주지로 1525년 건설되어 바티칸 시국의
대사관으로도 사용되었다.

★ 무라노 유리

베네치아 앞바다의 무라노(Murano) 섬에서
만들어지는 베네치아 유리.

★ 산조르조 마조레 교회 Chiesa di San Giorgio Maggiore

산마르코 광장 앞바다에 떠 있는 산조르조 마조레
섬의 수도원과 성당. 17~18세기에 건립. 팔라디오
(Andrea Palladio)가 설계. '수변의 귀부인'이라고 불린다.

★ 야스이 가즈미 安井かずみ(1939~1994)

작사가, 번역가. 1965년 이토 유카리(伊東ゆかり)의
〈수다스러운 진주おしゃべりな真珠〉로 일본레코드대상
작사상. 수필가와 모델 등 폭넓은 활동을 하며 시대의
선두를 당당하게 앞질러 가는 여성으로 주목받았다.
테라차 다니엘리가 등장하는 책은 『유럽 레스토랑
신시대ヨ-ロッパ・レストラン新時代』(가토 가즈히코加藤和彦/
야스이 가즈미 지음, 와타나베 음악출판).

★ 여정 Summertime

1955년, 데이비드 린(David Lean) 감독 영화. 캐서린
헵번(Katharine Hepburn) 주연. 베네치아를 무대로
중년의 사랑을 그린 명작. 붉은 고블렛이 소도구로
쓰인다.

Guest use only

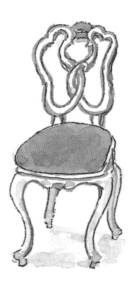

이치를 따진다

Steigenberger Metropolitan
슈타이겐베르거 메트로폴리탄

독일 / 프랑크푸르트

Poststrasse 6, 60329
Frankfurt am Main, Germany
tel. +49 69 50 60 70 0
fax. +49 69 50 60 70 5 55
www.metropolitan.steigenberger.com

　프랑크푸르트는 유럽의 허브 공항답게 어디에 가더라도 관문이 되는 곳인 데다 친한 친구가 살기도 해서 가끔 갈 기회가 있었다.

　시내에 훌륭한 호텔이 많지만 도심 한복판에는 이번에 묵은 호텔의 우두머리인 슈타이겐베르거 프랑크푸르터 호프Steigenberger Frankfurter Hof가 플래그십 호텔로서 위엄 있게 자리잡아 마치 총본산 같은 모습이다.

　여러 차례 새 단장을 거듭했지만 오래전에 묵었을 때는 침대의 두 변을 벽에 붙여놓은 배치로 아직 지방적인 느낌이 있었다. 마거릿 대처Margaret Thatcher가 사용했다는 욕조도 보았는데 돌을 두른 훌륭한 것이라 "호" 하고 놀랐다. 스위트룸의 통로는 반들반들한 피아노 도장銀板 塗裝인데 그렇게 대규모로 시공된 것을 보기는 처음이라 그 도장 기술에 감탄했다. 그런데 오랜만에 방문하니 개보수가 진행되면서 완전히 국제적인 방이 되어버리고 특유의 분위기가 없어져 조금 아쉬웠다.

　프랑크푸르트 중앙역 바로 북쪽에 2003년 가을에 개업한 같은 계열하의 131실짜리 호텔 슈타이겐베르거 메트로폴리탄은 꽤 좋은 곳이다. 메세 박람회장과 금융 센터에 가까워 매우 편리한 입지이다. 공항에서도 택시로 15분 거리이다. 외관은 조금 고전적으로 만들어졌지만 실내는 현대적 디자인으로 정리되어 복도는 넓고 설비도 과부족이 없어 비즈니스 손님 등이 이용하기에 편리하다.

　내가 묵은 방은 24제곱미터 정도 넓이로, 1,400밀리미터 너비 침대가 들어온 싱글룸이지만 천장 높이는 3,480밀리미터이다. 욕실과의 경계

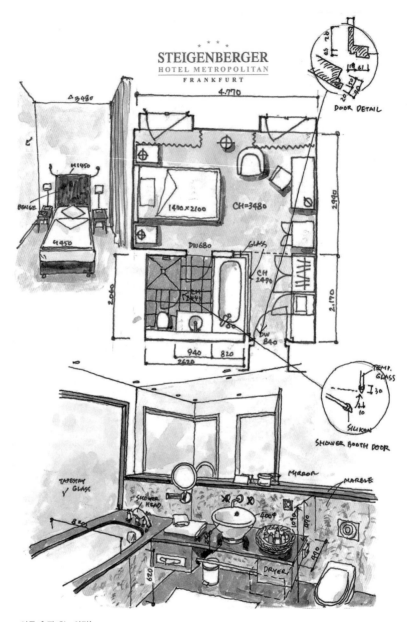

업무 출장에는 최적!

벽 일부를 큰 태피스트리 유리*로 해놓은 점도 작용해 좁게 느껴지지 않는다. 실내는 연한 크림색과 웬게이^{wenge} 목재의 검은색을 중심으로 강약이 있는 디자인이다.

욕실은 모던하게 마무리했고 620밀리미터 높이 욕조에 돌 카운터를 둘러놓은 것이 훌륭하다. 설계를 해보면 알겠지만 욕조 테두리 높이와 세면대 높이는 차이가 있어서 잘 처리하기 어렵다. 그러나 이렇게 하면 욕조로서는 조금 높지만 깔끔하다. 이른바 '사발'형 세면기를 사용해서 카운터를 살릴 수 있었다. 수도꼭지 철물류도 바닥이나 대로부터 세우지 않고 이렇게 벽에 부착하면 좋다. 가장 더러움이 덜 탄다.

샤워룸의 강화 유리문과 유리 스크린 사이에 실리콘 테두리를 두르는 것만으로 안전하게 물을 막는다. 감탄했다. 그러고 보니 일본에서도 줄눈을 실리콘으로 메우고 나중에 커터로 자르는 과격한 수습 방식을 본 적이 있는데 지금은 어떻게 되었을까?

욕실만이 아니라 여러 세부가 독일인답게 이치로 따져 '왠지 모르게'가 아니라 '과연'이라고 할 만하다. 조금 딱딱한 느낌은 들지만 확실히 잘되어 있다. 24제곱미터 정도라도 이렇게까지 할 수 있다. 일본 국내 비즈니스호텔도 이 정도 수준을 지켜줄 수 없을까? 이런 말을 하면 혼날 것 같지만 비좁고 별다른 궁리도 하지 않은 듯한 욕실에서 슬슬 벗어나야 한다. 방에 들어와서 바로 자기 집에 돌아가고 싶어진다면 곤란하지 않은가?

자, 샤워도 했겠다. 시내 최신 건축 답사라도 시작해볼까?

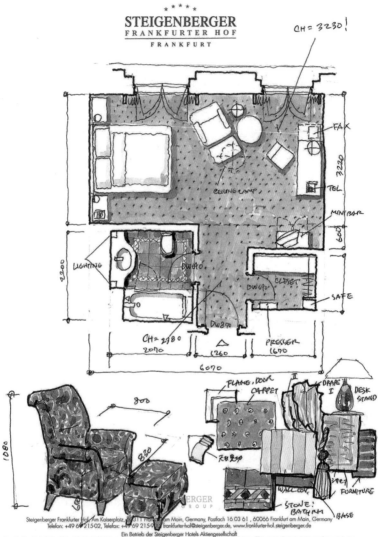

참고로 이쪽이 본가 슈타이겐베르거 프랑크푸르터 호프의 게스트룸.

* 태피스트리 유리

표면을 젖빛 유리 상태로 해서 약품 처리하는
가공법.

레귤러룸의 가로세로

게스트룸의 넓이는 방 하나에 7제곱미터 급에서 300제곱미터를 넘는 것까지 있는데 이른바 비즈니스호텔에서 일반 시티호텔, 리조트호텔까지 가지각색이다. 침대의 수와 크기에 따라 싱글, 더블, 트윈, 트리플이라 하거나 스위트 suite 이어지는 방라고 부르거나 한다.

레귤러룸 평면의 가로세로 치수를 살펴보자.

일찍이 20세기 국제 표준이 된 미국의 힐튼 호텔 등에서 되풀이하는 방식이 기본이 되어 새로 생기는 시티호텔은 모두 거기에 따랐다. 그 밑바닥에 흐르는 것은 실용주의적인 효율 지향이었다. 방 너비는 3.6미터에서 4.2미터. 길이는 그 약 두 배인 7.2미터에서 8.4미터 정도로 면적은 26제곱미터에서 35제곱미터가 된다. 결국 가로와 세로가 1:2 비례이다.

중앙에 복도를 배치하고 방을 반복해 늘어놓으며 두 방씩 하나의 파이프 공간을 공유하므로 서로 뒤집어놓은 형태의 평면이 되었다. 그 뒤에 1실 40제곱미터에서 50제곱미터 시대가 되면서 1:2라는 비례도 무너졌고 레귤러룸의 넓이 경쟁은 이제 멈출 기색이 없어 보인다.

한편 아파트 등을 개수한 호텔이 유럽에 매우 많은데 물론 이것은 뚜렷한 경향은 아니다.

비즈니스 손님을 대상으로 하는 싱글룸이 많은 일본 호텔에서는 되도록 기준층의 방 수를 늘리기 위해 침대를 세로로 놓고 방 너비는 2미터에서 2.5미터이다. 기둥 사이 1스팬을 3등분 정도로 한 것이지만 외국에는 이런 방이 많지 않다.

리조트호텔도 가로세로에 상관적 관계가 보이지 않는다. 혹은 희미해져 간다. 조망을 추구하다보면 너비가 넓어지기도 하고 효율은 반드시 최우선이라 하기 어렵다.

전작과 이 책에 실은 레귤러룸의 가로세로 치수를 분포도로 나타내보았다. X축을 입구 쪽 정면 너비_{가로}, Y축을 안길이 쪽_{세로}으로 한다. 변형이 큰 것은 제외했다.

어쩐지 경향을 알 것 같다. 약 1:2 비례인 35제곱미터에서 36제곱미터 정도가 역시 많다. 리조트호텔은 제각각이라 하나로 정리된 분포가 보이지 않는다.

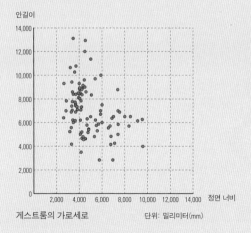

게스트룸의 가로세로　　　　　　　단위: 밀리미터(mm)

원숭이가 보았다

Heritance Kandalama Hotel
헤리턴스 칸달라마 호텔

스리랑카 / 담불라

P.O. Box 11, Dambulla, Sri Lanka
tel. +94 66 5555000
fax. +94 66 5555050
kandalama@heritancehotels.com
www.heritancehotels.com/kandalama

창밖에 있던 원숭이 모자.

　스리랑카의 건축가 제프리 바와*의 작업이 궁금해서 지난해에 이어 다시 스리랑카를 찾아와 이 호텔에 묵었다.

　제프리 바와는 주목할 만한 건축가임에도 불구하고 그를 모르는 사람이 아직 많은 듯하다. 서구인과 토착인 싱할라인의 혼혈인 그는 1919년에 수도 콜롬보Colombo의 유복한 변호사 가정에서 태어나 케임브리지 대학교에서 공부했다. 서양인을 연상시키는 외모에 풍채도 좋았다고 한다. 영국에서 변호사 사무실을 개업해 활동하다가 귀국해서 중남부 벤토타Bentota에 광대한 고무나무 재배지를 운영했다. 그러다 건축 기술을 더 공부하기 위해 영국에 다시 건너가 AA 스쿨에서 공부했다. 38세에 건축 설계를 시작해 에드워드, 리드 & 베그Edward Reid & Begg라는 설계 사무소를 공동 운영하며 대형 리조트호텔과 대학, 개인 저택, 사원, 국회의사당, 오사카 만국박람회 실론관 등 40년간 200개 이상의 프로젝트를 진행했다.

　'루누강가Lunuganga'라 불린 그가 소유한 고무나무 농원은 여러 해에 걸쳐 계속 손을 보았으며, 2003년 84세로 세상을 떠난 그의 유골이 이곳에 뿌려졌다. 현재 그의 작품은 재단에서 관리하고 있다. 그 재단이 입주해 있는 콜롬보의 자택 '33번 레인33rd Lane'은 외관이 무척 인상적이다. 어떤 면에서는 일본의 상가 건물을 보는 듯한 느낌도 든다.

　스리랑카 내륙에 자리한 리조트호텔인 헤리턴스 칸달라마는 1991년부터 1994년까지 진행된 작업으로, 같은 시기에 설계된 해변 리조트호텔 라이트하우스Lighthouse나 블루워터Blue Water 등과는 조금

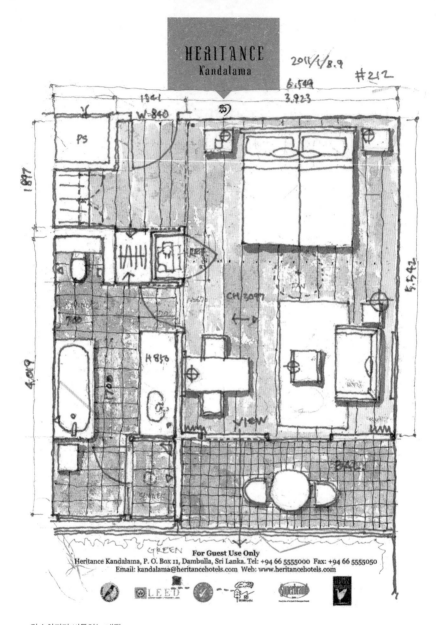

간소하지만 빈틈없는 내장.

다르다. 이곳을 처음 방문하던 날, 콜롬보 공항에서 차로 네 시간을, 그것도 비가 퍼붓는 밀림을 줄기차게 달려 도착했을 때의 숨이 멎고 소름이 돋는 듯한 기분을 잊을 수 없다. 캄캄한 밤에 홀연히 떠오른 야외의 긴 리셉션 로비는 영화 〈지옥의 묵시록〉*의 말론 브란도^{Marlon} ^{Brando}의 신전에 도착했나 싶을 정도로 극적인 느낌을 자아낸다. 현관 로비만 놓고 보면 가히 세계 제일이다.

152실의 객실과 온천을 포함한 972미터에 달하는 건물은 거대한 바위산을 둘러싼다. 건물 여기저기에 암석이 그대로 남아 있다. 열대 식물이 울창하게 자라 건물을 덮어 폐허나 유적을 연상시킨다. 입면이 거의 보이지 않는다. 몇 년 내에 건물이 완전히 식물에 먹혀버릴 것 같다. 그야말로 건물이 자연 속에 '녹아들어가는' 듯하다. 맑은 하늘 아래에서도 좋았지만 비가 내리는 날 부옇게 흐려 있는 모습은 그로테스크할 정도다.

이곳은 객실과 식당에만 유리가 있다. 한 여성이 창문을 열어놓은 채로 식사하러 갔다가 원숭이가 침입해 방 구석구석, 심지어 파우치까지 뒤집어놓아 큰일이 났었다. 욕실은 유리벽이 외부에 면해 마치 정글 속에서 벌거벗은 듯한 느낌이 든다. 동물원과 반대로 원숭이가 씻고 있는 투숙객을 들여다본다.

레이스처럼 드리운 식물 사이로 4세기에 만들어졌다는 인공호가 반짝반짝 보인다. 바람이 통하는 라운지. 호수와 이어진 듯한 인피니티 풀*. 구불구불한 흰 벽. 새와 동물의 소리. 유리가 없는 계단의 넓은 계단참에 책상과 의자 한 벌이 밖을 바라보는 것처럼 놓여 있다.

바와는 이 자리를 좋아했다고 한다. 건축이란 밖에서 보는 것이 아니라 건축을 통해 밖을 본다는 것이 무엇인지 알 것만 같다. 바와가 좋아했다는 이 자리는 그런 시점을 보여주겠다는 듯 놓여 있다.

시기리야 록Sigiriya Rock이라는 거대한 바위가 밀림의 끝에 아득히 멀리 보인다. 먼 옛날 광기로 악명 높았던 카샤파 왕*이 꼭대기에 궁전을 세웠다고 한다. 세계문화유산으로 등재된 곳이지만 고소공포증이 있는 사람에게는 차마 추천하지 못하겠다.

* **제프리 바와** Geoffrey Bawa(1919~2003).
스리랑카의 건축가. 콜롬보 대학교, 케임브리지 대학교를 졸업하고 변호사가 되었다. 이후에 런던의 AA 스쿨에서 공부하고 자신의 감성에 의지해 혁명적인 리조트호텔을 만들어냈다. 2001년 아가 칸 건축상, 2004년 프랑크푸르트에서 회고전. 작품에는 칸달라마, 라이트하우스 호텔, 벤토타 비치 호텔, 호텔 아훈갈라, 블루 워터 호텔, 스리랑카 국회의사당, 시마 마라카야 사원, 자택 33번 레인, 루누강가, 루후누 대학 등이 있다.

* **지옥의 묵시록** Apocalypse Now
1979년에 제작된 미국 영화. 감독은 프랜시스 포드 코폴라(Francis Ford Coppola).

* **인피니티 풀** infinity pool
가장자리에서 물이 넘쳐흘러 원경을 거울처럼 비추는 수영장. 제프리 바와가 처음 설계했다고 한다.

* **카샤파 왕** Kasyapa
5세기에 카샤파는 부왕에게서 왕위를 빼앗고 동생은 인도로 망명했다. 아버지를 살해한 카샤파는 복수가 두려워 시기리야 록 정상에 궁전을 세웠다. 그 뒤에 동생이 싸움을 걸어 바위에서 내려온 뒤 패배했다고 한다. 궁전의 생명은 겨우 11년이었다.

SIGIRIYA 2012/01/08

시기리야 록은 바위 자체의 높이가 195미터. 바위에 프레스코화가 남아 있다.

클래식의 덩어리

Hotel Bristol Wien
호텔 브리스틀 빈
오스트리아 / 빈

Kaerntner Ring 1, 1010
Vienna, Austria
tel. +43 1 515 16-0
fax. +43 1 515 16-550
www.bristolvienna.com

호텔은 앞으로 어떻게 변해갈까?

여기저기에서 자주 질문 받지만 그럴 때마다 나는 "세상이 변하는 대로 따라가지 않을까요?"라고 답한다.

세상에 따른다는 것은 무엇을 뜻하는 걸까?

단지 하룻밤 머물렀다 가는 임시 숙소라 해도 그 입지와 풍토, 가격, 손님 등에 변화가 있다. 무엇보다 시대가 바뀐다. 거기에 기회를 재빨리 포착하는 건축가와 디자이너가 크게 관여하므로 달라질 수밖에 없다. 숙박 시설이기에 안전, 청결, 정숙의 3요소로 이루어지는 '편안함'을

추구해야 하는 본질적 가치는 변하지 않겠지만 겉모습은 바뀔 거라고
생각한다.

예를 들면 욕실. 샤워 공간을 1실로 만드는 경향이 점점 강해지고
있다. 화장실도 그렇다. 반대로 욕조는 거치형이 있지만 프리스탠딩이
늘어나 입욕을 즐기는 쪽으로 '걷기 시작'한다. 욕실 자체도 침대와의
사이에 유리 스크린이 많아지고 칸막이벽은 점점 사라진다. 창을 통해
전망을 즐기는 뷰 배스view bath에 그치지 않고 노천화해 발코니로
나갈지도 모르겠다.

침대 주위나 거실은 그리 변하지 않았다고 생각하지만, 호텔을
'그림의 떡'처럼 여기는 시대는 지나간 것으로 보인다. 그 호텔에 묵고
싶다는 동기를 계속해서 부여하려면 운영자와 디자이너 모두에게
상당한 노력이 요구되는 시대를 살고 있다. 해외로 떠나는 손님도 최신
경향부터 전통적인 멋까지 모두 숙지하고 있는 사람이 많아졌다.
그 속에서 '새로운 맛'을 추구해야 하니…….

빈의 브리스틀은 전통적인 호텔이다. 모든 방이 클래식 덩어리라고
해도 지나치지 않다. 대각선으로 맞은편에 이곳보다 더 고급스러운
임페리얼 호텔이 있다. 거기에 묵다가 이 호텔로 걸어서 이동했더니
'돈이 떨어졌구나 여겨졌다'고 『여행의 공간 I』에 썼던 게 생각난다.

기다랗게 생긴 방으로 안내되어 고전적인 호텔의 장점을 곰곰이
음미하게 되었다. 특히 주목할 만한 것은 욕실이다. 2,160×1,170밀리미터
크기인데, 잘 만들어졌다. 이것으로 좋다고 생각하게 하는 무엇인가

HOTEL BRISTOL
Wien

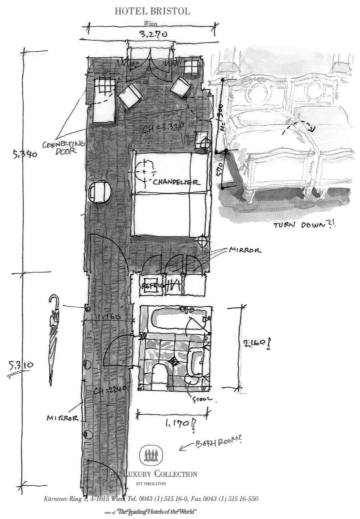

3,270

5,340

CONNECTING DOOR

CH = 3,320

H = 1,300

570

CHANDELIER

TURN DOWN?!

MIRROR

REFRIG

5,310

1,160

2,160!

CH = 2,240

STOOL

MIRROR

1,170!

BATH ROOM?

LUXURY COLLECTION
ITT SHERATON

Kärntner Ring 1, A-1015 Wien Tel. 0043 (1) 515 16-0, Fax 0043 (1) 515 16-550

one of "The Leading Hotels of the World"

기다란 전실.

있다. 아마 누구라도 경종 소리를 들은 것처럼 그렇게 느낄 것이다. 이것으로 좋다.

그리고 몇 개의 방을 쇼룸으로 만들어놓았는데 그 다채로움에 놀랐다. 어느 방이나 천장이 높고 양식적인 정리와 투숙객을 위한 배려가 잘되어 있다. 국립오페라극장과 마주보고 있으므로 오페라의 여운도 즐길 수 있다. 역시 이 호텔은 다양한 스타일을 지닌 몇 개의 방에 돌아가며 묵는 게 좋다.

아돌프 로스*가 설계한 로스 하우스를 보러간다. 지금도 낡은 느낌이 없다. 그러나 당시에는 터무니없는 것이 만들어졌다고 소란스러웠을 게 분명하다. 그것을 무마하기 위해 플랜트 박스를 외벽에 덧붙인 것으로 알고 있다.

디자인의 낡음과 새로움에 대해 생각하게 된다.

빈이라는 곳에는 무언가 있다.

* **아돌프 로스** Adolf Loos(1870~1933)
오스트리아의 건축가. 미국에 건너가 귀국 후
장식이 없는 즉물적 건축을 남겼다. 평론을 통해
근대건축에 큰 영향을 주었다. 카페 무제움Cafe
Museum은 1899년 작품.

수도승의 기억

Hopper Hotel et cetera
호퍼 호텔 엣 세테라

독일 / 쾰른

Brüsseler Strasse 26, 50674
Köln, Germany
tel. +49 221 92440 0
fax. +49 221 92440 6
www.hopper.de

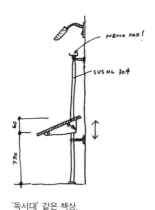

'독서대' 같은 책상.

오랜만에 쾰른 교외에 살고 있는 친구 집을 찾아갔다. 풍요로운 공간을 맘껏 즐기고 맛있는 저녁식사를 대접받고 친구가 이 호텔까지 데려다주었다.

무릇 디자인호텔이라는 것만큼 쓸쓸한 것도 없다. 누가 디자인했느냐에 관계없이 그런 느낌이 든다. 본래 호텔이란 낯선 땅에서 알몸이 되어 느긋하게 쉬어야 하는 곳이므로 상당히 보수적이기 마련이다. 새로운 것, 예민한 것은 불필요하고 자기 집처럼 해방감과 편안함을 주는 곳이 좋다고 한다.

이렇게 인정미 없이 대놓고 말했지만, 이번에는 쾰른의 디자인호텔을 알아보기로 한다.

쾰른의 벨기에 지구 브뤼셀 거리와 가까운 곳에 이 호텔이 있다. 1997년에 리뉴얼 작업을 주로 담당하는 설계사무소 HKR이 인테리어까지 담당한 48실의 디자인호텔이다. 친구는 "과연 디자이너답군. 잘도 찾아냈네"라며 건물을 올려다보았지만 속으로는 '이상해!'라고 생각했을 게 분명하다. 아니나 다를까, 19세기 말의 남자 수도원을 고쳐 꾸민 것이었다. 프런트 앞 의자에 먼저 온 손님이 걸터앉아 있는 줄 알았는데 극사실주의로 만든 수도승 조각이었다. 눈썹까지 그대로 재현된 데다, 수도복에 성서까지 있어서 솔직히 조금 무서웠다.

레스토랑은 성 마리아 레기나 예배당을 개조했다. 정면에는 화가가 재현했다는 제단화가 환영처럼 펼쳐진다. 천장이 높고 어두운 덕분에 그림이 더욱 멋지게 보인다.

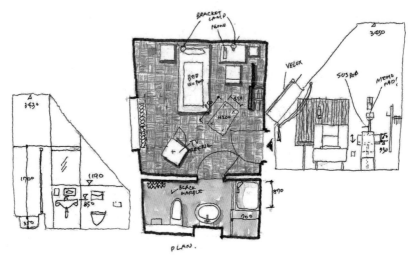

지붕 밑 독방?

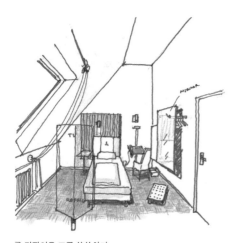

쿨 디자인은 조금 쓸쓸하다.

내가 머문 객실은 다락방으로, 수도원의 '독방'이었다. 시원하고 호젓하다. 바닥은 쪽매널마루인데 900밀리미터 너비 침대에 하얀 시트로 감싼 담요를 개켜놓아 수도승, 아니 숙박객에게 쉼을 제공한다. 다락방이라 비스듬한 천장이 무섭게 높아 3,450밀리미터나 된다. 덴마크제 천창이 채광창으로 나 있어 정말 밝지만, 아무리 디자인호텔이라고 해도 지나치게 '쿨cool'한데다 스테인리스 헤어라인 파이프나 꾸밈없는 유리는 그 냉랭함을 더욱 돋운다.

욕실은 새까만 대리석. 욕조 대신 깊이 350밀리미터의 샤워팬이 있다. 커튼은 없고 문틀에 끼운 플라스틱 미닫이가 있다. 수도꼭지는 제대로 큼직하다.

세세한 부분도 뛰어나다. 가구의 '다리'가 눈에 띈다. 텔레비전과 냉장고 패키지가 바닥에 파이프 하나로 고정되었다. 메모 패드가 달린 높이 조정이 가능한 책상까지 파이프에 붙어 있다. 요컨대 바닥, 벽, 천장에서 가구와 내장이 따로 떨어진 디자인이다. 바퀴가 달린 수레 같은 것이 바닥에 놓여 있다. 저건 뭐지, 짐 받침대인가?

작은 침대 위에서 담요를 펼쳐 휘감고 있으니 수도승 혹은 죄수 같은 기분이 된다. 아아, 빨리 형기를 마치고 속세로 나가고 싶다. 이제 나쁜 짓은 하지 않아야겠다는 마음이 절로 든다.

어느새 수도원이 교도소가 되었다.

헝가리의 왕

Hotel König Von Ungarn
호텔 쾨니히 폰 웅가른

오스트리아 / 빈

A-1010 Wien, Schulerstrasse 10,
Austria
tel. +43 1 515 84-0
fax. +43 1 515 84-8
hotel@kvu.at
www.kvu.at

성냥갑도 사선.

체크인하자 예약한 것과 영 딴판인 방에 안내되었는데 '뭐, 이 정도면 됐어'라고 생각해버릴 때가 있다. 그러나 그 반대 경우도 있다.

빈에는 고전적으로 훌륭한 호텔이 많지만 그런 곳에 계속 머물 수는 없다 싶어 슈테판 대성당Stephansdom 뒤편의 작은 호텔에 체크인했다. 호텔 이름은 '헝가리의 왕'이라는 뜻이다. 확실히 오스트리아 황제가 헝가리의 왕을 겸임한 적이 있긴 하다.

열쇠를 받아 무심코 방에 들어섰다가 엉겁결에 소리를 질렀다. 새로 단장했다는데 벽은 전부 자작나무 목재를 얇게 붙인 합판! 내장에 멋없는 제한 따위 두지 않은 기색으로 모두 천연목이다. 같은 자재 원목으로 된 테두리를 45도 각도로 붙였는데 단면이 산 모양이다. 즉 격자 천장 같은 벽이다. 벽을 자세히 살펴보고 무섭도록 높은 세공 정밀도에 감탄했다. 테두리 교차점의 모든 이음매가 맞아떨어지지 않는가! 아마 기초는 MDF보드*이고 널빤지를 접착제와 태커로 우선 붙였을 것이다. 맞붙는 전개면의 이음매도 깔끔하다. 짧은 변을 깨끗이 나누었다. 혹은 쪼개서 모듈을 정했을까? 콘센트 등은 두꺼운 폭목幅木 ~~쪽 널 아래 아래와 만나는 말깨 대는 가로 널~~에 붙어 있어 벽에 흠집을 내지 않고 폭목 안에 배선을 설치했다. 천장과 벽이 맞닿는 부분의 좁은 벽과 천장이 만나는 모서리는 회반죽을 둥글게 가공했다.

실측 제도는 어려운 일이다. 모듈이 확실히 되어 있으면 측량하기 편하지만 작도를 섣불리 할 수 없다. 작은 삼각스케일만 가지고 손으로 그리는 제도에는 시간이 걸린다. 아내는 질려서 쇼핑하러 나가버렸다.

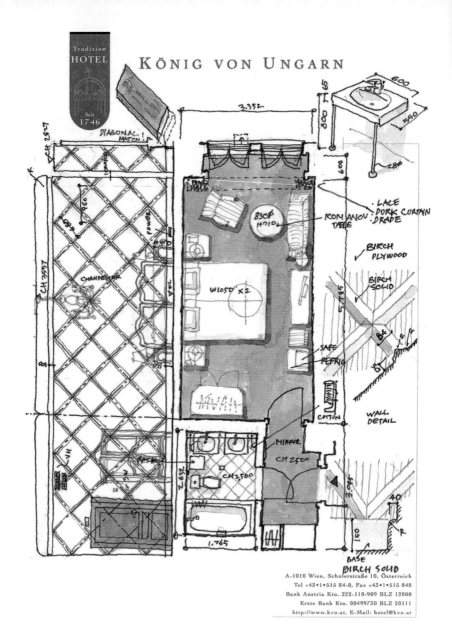

KÖNIG VON UNGARN

Tradition HOTEL Seit 1746

A-1010 Wien, Schulerstraße 10, Österreich
Tel +43•1•515 84-0, Fax +43•1•515 848
Bank Austria Kto. 222-110-909 BLZ 12000
Erste Bank Kto. 00499730 BLZ 20111
http://www.kvu.at, E-Mail: hotel@kvu.at

벽은 전부 '격자 천장' 같은 디자인!

가구는 모두 골동품 양식으로 소탈하다. 내장이 이래서 가구는
일부러 촌스럽게 한 것일까? 시골풍이라 할 수도 있지만, 그렇게 단언할
수는 없는 느낌이다. 조명은 빈의 샹들리에. 상당히 뛰어나구나, 라고
혀를 내두르며 잠을 설쳤다.

욕실도 그렇다. 돌은 사용하지 않고 타일만으로 되어 있다. 타일에
흰 대리석 비안코 카라라*를 모방한 얼룩이 들어가 있지만 반복되는지
모를 정도로 교묘하게 제조해 자연스러워 보인다. 또한 타일을 붙인
시공의 정밀도도 더없이 좋다. 두 개의 세면기는 파이프 다리로 받치는
유형으로, 에이프런 세면대 앞쪽에 드리운 부분의 두께는 65밀리미터. 다리가
방해되지 않고 더 안정적인 방식이다. 무리하게 캔틸레버cantilever
외괄보로 설치할 일이 아니다.

이 호텔은 16실 정도로 규모가 작다. 역사는 오래되어 1746년부터
있었던 듯하다. 1층에는 리셉션, 로비를 겸한 고전적인 윈터 가든과
레스토랑이 자리한다. 레스토랑 역시 훌륭하다. 흰 아스파라거스를
데친 솜씨가 대단히 뛰어나 정말 맛있었다. 주방장 아저씨가
수다스러운 게 옥의 티였지만.

입지가 아주 좋아서 호텔에서 도보로 10분 이내에 오토 바그너*의
빈 우체국에 갈 수 있다.

비엔나 왈츠와 토르테와 카페 그리고 세기말 건축뿐이었던 빈의
이미지는 이 게스트룸으로 완전히 바뀌어버렸다. 일본의 시공이
최고라고 생각했던 나에게 새롭게 리노베이션한 이곳은 여러 가지로

감탄을 자아내게 했다.

나다니다보면 뜻하지 않게 횡재하는 법이다.

* **MDF보드** medium density fiberboard
  나무를 원료로 한 중간 밀도 섬유판. 습기에
  약하지만 가구의 문 속재목 등에 많이 사용된다.

* **비안코 카라라** Bianco Carrara
  이탈리아 카라라 시 근교에서 생산하는 흰 대리석.
  로마 시대부터 건축재, 조각재로 널리 쓰였다.

* **오토 바그너** Otto Wagner(1841~1918)
  오스트리아 건축가. 근대건축의 이념을 표명하며
  새로운 조형을 목표로 한 빈 분리파에 참가.
  빈 우체국(1906), 슈타인호프 교회당(1907) 등이
  유명하다.

빈 시내를 달리는 관광용 마차.

프라하의 파리

Hotel Paris
호텔 팔지시
체코 / 프라하

U Obecniho domu 1, ez-110
00 Praha 1, Czech Republic
tel. +42 222 195 195
fax. +42 224 225 475
booking@hotel-paris.cz
www.hotel-paris.cz

풍부한 비품.

조용히 바람이 분다.

체코 프라하. 황혼의 카를 교 한가운데 서서 프라하 성을 바라보며 감동하고 말았다(그동안 여러 번 사진으로 보았는데도). 양 끝에는 성문, 다리 양쪽에는 30개의 성인상이 늘어서 있다. 1402년에 만들어진 돌다리인데 지금은 이렇게 보행자의 다리가 되었다.

중세 시절 모습 그대로 남아 있는 구시가. 14세기의 명군名君으로 이름 높은 카를 4세는 체코 왕체코 왕으로서는 카를 1세이자 독일 왕 그리고 신성로마제국 황제이기도 해서 이 땅을 유럽의 중심으로 삼아 강력한 지도력을 발휘했다.

이렇듯 벼락치기로 역사를 공부하며 돌이 깔린 길을 걸어 다녔다. 석류석을 박아넣은 액세서리 외에는 형편없는 물건만 팔고 있어서 조금 실망했다. 음식이 입에 맞지 않은 것도 유감이다.

대신 중후한 건물과 거리 풍경은 감탄할 수밖에 없었다.

한 가지 떠오르는 의문. 관광객이 넘쳐 호텔 예약도 겨우 해야 한다는 이곳에 빈에서 오는 비행기가 봄바디어사 Q400 72인승 소형 프로펠러기인 건 왜일까? 열차도 텅텅 비어 있다. 모두 버스나 차만 이용하는 걸까.

체코에만 존재하는 입체파[*] 건축이라는 것도 이상하다. 아무리 들여다보아도 감이 오지 않는다. 약간 입체적인 아르데코 아류인 걸까, 라고 생각하며 미술관에서 무심코 사탕 그릇 같은 걸 집어들었다.

호텔은 친구가 추천한 팔지시Pařiž. 체코어로 '파리'를 뜻한다.

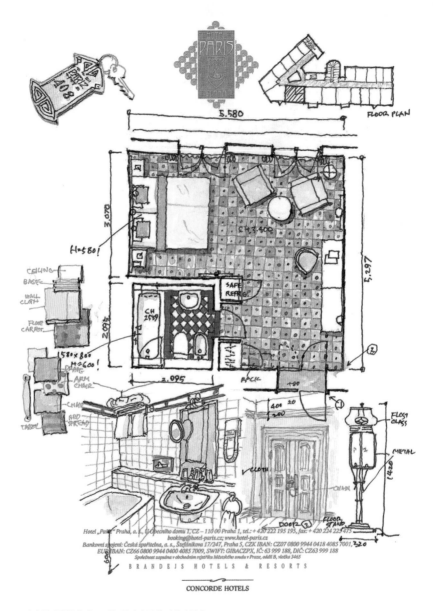

Hotel „Paris" Praha, a. s., U Obecního domu 1, CZ – 110 00 Praha 1, tel.: + 420 222 195 195, fax: + 420 224 225 475
booking@hotel-paris.cz; www.hotel-paris.cz
Bankovní spojení: Česká spořitelna, a. s., Štefánikova 17/247, Praha 5, CZK IBAN: CZ07 0800 9944 0418 4085 7001,
EUR IBAN: CZ66 0800 9944 0400 4085 7009, SWIFT: GIBACZPX, IČ: 63 999 188, DIČ: CZ63 999 188
Společnost zapsána v obchodním rejstříku Městského soudu v Praze, oddíl B, vložka 3465

B R A N D E J S   H O T E L S   &   R E S O R T S

CONCORDE HOTELS

거의 정사각형인 게스트룸. 갖가지 근대 양식의 절충.

비즈니스 거리와 쇼핑 거리의 중간에 있으며, 1906년에 네오고딕 양식 건물로 지어졌다. 인테리어는 아르누보라고 하지만 아르데코도 유겐트슈틸*도 들어 있다. 그래도 전체적으로 수준 높은 호텔이다. 1층 레스토랑과 카페도 괜찮다. 콩코드 호텔스Concorde Hotels의 골드 프리빌리지 클래스로 개조되었다.

스위트룸을 포함해 숙박실은 총 86개. 기준층은 'ㄴ'자 평면으로 된 편복도이고 4층 복도는 일본의 우키요에浮世絵 에도 시대에 성행한 풍속화로 장식했다.

호텔 최상층에 있는 프레지덴셜 아파트도 흥미롭다. 나무 구조물을 그대로 드러냈는데, 나선 계단을 올라가면 프라하 거리를 360도 굽어볼 수 있다.

내가 투숙한 객실도 그다지 넓지는 않지만 상당히 훌륭하다. 두짝문이 이중이다. 방음과 보안을 염두에 둔 것이겠지만, 겨울의 추위에 대비한 흔적이기도 하다. 색채 계획은 여러 가지를 고려해 이루어진 듯하지만, 내가 묵은 방은 베이지색 천을 발라 품격을 갖췄다. 폭목과 상부의 몰딩 등 여기저기에 아르누보가 얼굴을 내민다. 숙박료는 저렴하지 않지만 비싸다는 생각이 들지 않을 무언가가 있다.

비데가 딸린 욕실의 바닥은 파랑과 하양 타일의 바둑판무늬. 욕실 비품도 풍부하다. 욕조가 600밀리미터로 조금 높고 길이도 1,580밀리미터로 자칫 빠질 것처럼 길다.

생각보다 빨리 실측이 끝났다. 맞은편에는 1911년에 완성되었다는

프라하를 흐르는 블타바(Vltava) 강.

홀륭한 시민회관이 있다. 그곳 카페에서 필스너* 맥주라도 마셔야겠다.

그건 그렇고 '프라하의 봄'은 추웠다.

* **입체파** Cubism
20세기 초의 예술 운동의 하나로, 대상을 모든
각도에서 포착하여 기하학적 형태로 되돌려서
표현하려고 했다. 피카소(P. Picasso), 브라크(G. Braque)가
유명하다. 그 영향을 받은 건축 양식은 1910년대의
프랑스나 체코에서 볼 수 있다.

* **유겐트슈틸** Jugendstil
19세기 말부터 20세기 초에 아르누보를 받아들여
독일, 오스트리아에서 일어난 건축공예운동.
'청년 양식'이라고도 한다.

* **필스너** Pilsner
체코 필젠 지역에서 만든 맥주. 센 물이 많은
유럽에서 보헤미아 담물을 사용한 엷은 색 맥주를
필젠에서 양조했다.

K.
navský Klášter
ana

측화

이 책에는 사진이나 캐드CAD로 그린 그림 대신 손으로 그린 실측도와 스케치만 담았다. 최근에는 디지털카메라로 방을 찍으면 평면도까지 만들어주는 소프트웨어가 있는 모양이지만 그렇게는 하지 않는다. 호텔 방 구석구석을 돌아다니며 땀을 흘리며 줄자와 레이저 거리계로 잰 수치를 손으로 그린 평면도에 적어넣는다. 지극히 아날로그적인 셈이다.

개인적으로 디자인의 근본은 손으로 그리는 것이라 생각하지만 최근에는 그렇지도 않은 듯하다. 심지어 "즐겨 쓰는 연필이 없다"라는 디자이너도 있다. 키보드와 마우스, 손가락만으로 끝내버리다니…….

눈앞의 대상이나 그것을 그린 그림을 보는 것은 자기 눈이다. 측량해서, 그것을 머리로 이해하고, 본 것과 생각한 것을 손으로 스케치해 나타낸다. 이 세 가지가 원활하게 움직이지 않으면 무언가를 표현할 수 없다고 생각하는 나는 종이와 연필과 줄자를 손에서 떼어놓지 못한다.

주위에 있는 것, 즉 자기 방이든 가구든 게스트룸이든 계속 측량하다 보면 자연스럽게 대상과 장소의 규모감이 몸에 밴다. 스스로 측량해 손으로 그리고, 그 자리에서 색까지 입힌 그림은 실로 엄청난 정보가 들어 있다. 사진에 비할 것이 아니다. 사진은 나중에 다시 보기 위해 찍는 것이어서 그 순간 전심으로 보지 않기 마련이다. 하물며 컴퓨터가 자동으로 정리해주니 나중에 "에, 이런 것이었나"라는 경우도 있지 않은가?

실측한 평면도는 사진과도 다르고 풍경화와도 다르다. 비록 일반인에게는 평면도가 익숙하지 않겠지만, 거기에는 크기와 넓이는 물론 기능이나 사용자를 위한 편의성이 나타난다. 가구를 그리고, 색과 그림자까지 넣으면 마치 내 몸이 그 공간에 직접 들어가 움직이는 듯 느껴진다.

무릇 잘 보는 것이 아는 것이자 기억하는 것이다.

머릿속으로 구상하는 것을 눈에 보이는 것으로 만들어 다른 사람에게 전하는 데에도 손으로 그리는 그림이 좋다고 생각한다. 다른 사람의 마음에 가 닿는 힘이 있다. 그러나 치수가 없는 그림은 단지 '그림'에 불과하고 크기나 형체를 제대로 전달하지 못하므로 치수를 넣은 그림을 만들고 있다. 나는 그것을 '측화測畵'라고 부른다. 기왕 그리는 김에 거리의 풍경 등도 스케치한다.

이런 그림, 처음이지 않나요?

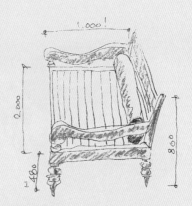

호텔 프런트에 놓인 의자처럼 생긴 짐 받침.

은신처의 오드투알레트

Hôtel Fouquet's Barrière Paris
오텔 푸케 바리에르 파리

프랑스 / 파리

46, Avenue George V
75008 Paris, France
tel. +33 1 40 69 60 00
fax. +33 1 40 70 57 00
hotelfouquets@lucienbarriere.com
www.fouquets-barriere.com

골동품 박람회에서 손에 넣은 리모주(Limoges)의 분 단지.

프랑스에서 카지노를 갖춘 고급 호텔을 운영하는 뤼시앵 바리에르 Lucien Barrière 그룹이 그 이름을 내건 호텔을 파리의 전통 있는 레스토랑 푸케Fouquet 옆에 만들었다. 개선문 근처 샹젤리제의 조르주 생 거리에 접해 훌륭한 입지를 자랑한다. '골든 트라이앵글'이라 불리는 지역의 한가운데이다.

에두아르 프랑수아Édouard François가 설계했지만 인테리어 디자인은 오텔 코스테, 부르 티부르 등으로 유명한 자크 가르시아가 맡았다. 역시 전체가 탐미적이다. 그래도 이곳은 조금 지나치게 밝다고 할까? 고급스러움과 세련미가 가득하지만 퍼블릭 인테리어를 보아서는 로비 등에 외광이 너무 들어온 탓에 다소 수수해 보인다. 금색 장식이나 가구를 어두운 곳에서 본다면 가슴이 철렁할 텐데 말이다.

프런트 리셉션 카운터 요벽腰壁 바닥에서 허리 높이 정도로 마무리를 다르게 한 벽은 내조식內照式 유리를 사용한 크리스털 디자인이다. 라운지 의자 등받이의 자유분방한 디자인은 빙그레 웃음 짓게 한다.

게스트룸 107실 중 40실이 스위트룸이다. 최소 40제곱미터이므로 그렇게 크지는 않다. 문 아래쪽에 대형 놋쇠 문자를 리벳으로 꽂은 방 번호 디자인이 인상적이다. 열쇠는 카드 키를 사용하는데, 문틀 바깥쪽에서 흔들기만 하면 문이 열린다.

방은 들어가자마자 화장실이 나오는데, 놀랍게도 손 씻는 곳이 없다! 샤워기가 변기 옆 벽에 붙어 있을 뿐이다. 중동의 호텔처럼 샤워기로 뒤처리를 하라는 걸까? 탱크 위에는 일회용 물수건까지 놓여 있다.

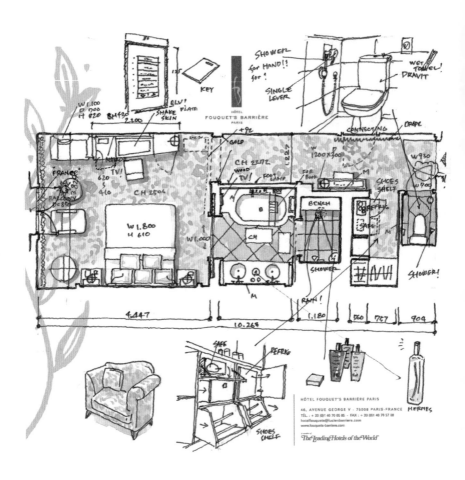

이렇게 호화로운데 화장실에 손 씻는 데가 없다니!

'손 씻을 곳 정도는 만들어줘야죠'라고 잠시 생각에 잠겼다. 하지만 화장실을 제외한 나머지는 거의 완벽하다. 샤워실의 레인 샤워는 정말 쾌적하고 긴 욕조에는 책을 놓고 읽을 선반까지 붙어 있다. 비품은 바리에르 자체 브랜드이지만 오드투알레트^{eau de toilette}는 에르메스! 옷장에 간이 신발장이 있어 신발을 죽 늘어놓을 수 있다.

침대 시트는 무명이지만 번수가 치밀해 마치 비단 같다. 방의 조명 스위치는 밝기를 조절하는 버튼이 달려 있고, 여러 곳을 동시에 제어할 수 있는 최신 시스템이다. 플라스마 텔레비전은 대형 거울 가운데 내장되어 그 존재를 감출 수 있어서 좋다. 직물에 강한 가르시아답게 연결문 앞에도 술이 달린 드레이프가 있어 문을 감추어준다.

시트나 화장품 종류, 브랜드를 확인하는 서비스도 완벽하다. 물론 집사 서비스이다. 리셉션에서 체크인할 때 "친구를 기다리고 있다"라고 알렸더니 로비에 있는 나를 위해 맛있는 커피를 내주었다. 마음을 들뜨게 하는 묘한 구석이 있는 호텔이다.

이렇게 사람을 아찔하게 만드는 탐미적인 호텔은 지구상에 파리에만 있을 것 같지만 그래도 '음란함'과 '그늘'을 특징으로 삼는 호텔은 많이 줄어든 것 같다. 어두운 식당에서 아침식사를 하고 있는데 어디선가 본 적이 있는 여배우가 커플로 나타났다.

음…… 이곳이 그녀의 은신처라고 듣기는 했지만 '등잔 밑이 어둡다'란 이럴 때 쓰는 것인가?

빌라의 저녁놀

Hotel Villa Condulmer
호텔 빌라 콘둘메르
이탈리아 / 트레비소

Via Preganziol 1, 31020 Mogliano Veneto
Treviso, Italy
tel. +39 41 5972 700
fax. +39 41 5972 777
info@hotelvillacondulmer.it
www.hotelvillacondulmer.it

베네치아라면 카를로 스카르파*가 있다. 스카르파는 사실 개보수
작업을 많이 했지만 베네치아 북쪽 트레비소Treviso 교외 산비토
달티볼레San Vito d'Altivole의 전원지대에 전기회사 브리온베가Brionvega를
위해 일족의 묘지를 시간을 들여 정성껏 디자인했다. 그의 대표작이다.

콘크리트 외양 노출이란 알몸의 피부를 보는 듯해서 그다지
좋아하지 않지만 여기에서 그 독특하게 까칠까칠한 콘크리트의 세부를
보니 아름다운 기모노를 보는 기분이 되어 감동해버렸다. 그 유명한
쌍둥이 원에도 감탄했고, 아들인 토비아 스카르파Tobia Scarpa가
디자인했다는 카를로 스카르파의 묘지에 들러 엉겁결에 합장하고
시원한 기분으로 가로수 길을 걸어 돌아왔다.

그 밖에도 팔라디오*가 설계한 빌라 등 여러 곳의 건축물이 있는
베네토Veneto 지방에 가는 것도 좋지만, 베네치아 시내에 숙소를 정하면
물건을 사거나 시내 관광을 하느라 일부러 보러가는 것이 말처럼
쉽지만은 않다.

그런데 이번에는 1743년에 콘둘메르 가의 빌라로 지어진 곳을
찾아갈 수 있었다. 콘둘메르 가는 교황과 추기경을 배출한 명가名家이다.
이 전통적인 빌라는 베네치아의 페니체 극장Teatro La Fenice에서의
〈라 트라비아타La traviata〉 초연을 참담한 결과로 끝냈던 작곡가 주세페
베르디*가 실의를 딛고 방문한 곳이기도 하다. 최근에는 로널드 레이건
전 미국 대통령도 찾아왔다.

당시 베네치아에서는 상류층이 사회적 지위를 위해 근교에 빌라를

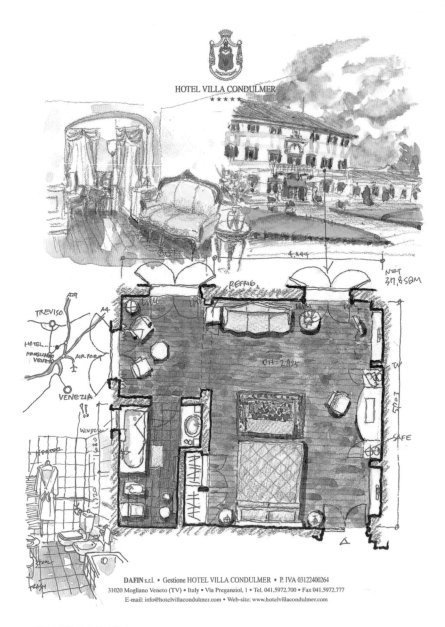

HOTEL VILLA CONDULMER
★★★★★

DAFIN s.r.l. • Gestione HOTEL VILLA CONDULMER • P. IVA 03122400264
31020 Mogliano Veneto (TV) • Italy • Via Preganziol, 1 • Tel. 041.5972.700 • Fax 041.5972.777
E-mail: info@hotelvillacondulmer.com • Web-site: www.hotelvillacondulmer.com

가구가 전부 벽에 붙어 있다.

소유하는 것을 당연시하여 건축가들에게 일거리가 쏟아졌다.

이 호텔도 지금은 완전히 새로 단장해 45개의 방을 보유한 모습으로 바뀌었지만 로비에서 당시의 분위기가 느껴진다. 커다란 그림이 그려진 2층 통층 구조의 회반죽벽으로 이루어진 로비는 넓고 어둡다. 벽이 없는 로지아loggia 한쪽 또는 양쪽에 벽이 없는 복도 형태의 명풍의 두 개랑開廊 적어도 한 면이 외부에 직접 연린 벽붙이 달린 복도은 천장이 높고 길다. 휑한 탓에 조금 무섭지만 여기저기에 옛 손님의 담소나 말발굽 소리가 스며든 듯한 느낌이 든다. 당시에는 오직 촛불만으로 이 공간을 화려하게 꾸며야 했을 텐데 도대체 어떻게 했을지 궁금하기 짝이 없다. 현재 개랑의 아치형 개구는 여름에는 드레이프, 겨울에는 투명 비닐로 가리고 있다.

로비 옆 2층의 넓은 방에 묵었다. 38제곱미터 정도이다. 바닥재는 무려 전염*으로 도장되었다. 서구에서는 가끔 눈에 띄지만 일본에는 무슨 일인지 자리잡지 못한 광택 방식이다. 다양한 스타일의 가구들은 전부 벽에 붙여 놓았다. 서구의 상자 모양 가구에는 '뒤'가 있어서 벽을 따라 놓인다.

욕실의 욕조는 빠질 것처럼 길어서 물을 받는 데 어려웠다. 화장실 휴지걸이에 손이 잘 닿지 않는다. 목욕 습관이나 배설 처리 관념이 다르다는 것을 확연히 알 수 있는 대목이다.

밤에 창과 미늘문을 열고 밖을 보니 (당연히) 캄캄하다. 아무것도 보이지 않는다.

경치가 아름다운 만큼 밤은 더 쓸쓸하다.

미차 박물관.

* 카를로 스카르파 Carlo Scarpa(1906~1978)

베네치아에서 태어나 도제 시스템 아래 장기간
수습을 거쳐 건축계에 입문했다. 소재에 대한
감성이 풍부한 상상력이 전매특허였다. 대표작으로
카스텔베키오 미술관(Castelvecchio Museum),
올리베티사 쇼룸, 베로나 은행 증개축 등이 있다.
1978년 센다이에 체재하던 중, 포목점 계단에서 발을
헛디뎌 객사했다.

* 팔라디오 Andrea Palladio(1508~1580)

파도바(Padova)의 방앗간에서 태어나 비트루비우스의
『건축서(De Architectura)』를 연구해 비첸차(Vicenza)를
중심으로 많은 팔라초와 빌라의 설계를 담당했다.
라 로톤다(La Rotonda)가 그의 걸작 중 하나다.

* 주세페 베르디 Giuseppe Fortunino Francesco
Verdi(1813~1901)

이탈리아의 오페라 작곡가. 대표작에 〈리골레토
Rigoletto〉〈일 트로바토레Il Trovatore〉〈라 트라비아타〉
〈아이다Aida〉 등이 있다.

* 전염 塗染

도장 광택 중 하나. 건염 마무리 다음으로
광택이 있다.

자크 티보를 떠올리며

Hotel Bel Ami
호텔 벨 아미
프랑스 / 파리

7-11 rue St-Benoit 75006 Paris, France
tel. +33 1 42 61 53 53
fax. +33 11 49 27 09 33
contact@hotel-bel-mai.com
www.hotel-bel-ami.com

초등학교 시절에 『티보가의 자크』라는 책을 큰어머니로부터 선물 받은
적이 있다.

로제 마르탱 뒤 가르* 가 자신의 대작 『티보가의 사람들The Thibaults』에서
소년 자크 부분을 발췌한 것이지만 그래도 초등학생에게는 두꺼운
책이었다. 그것을 깊이 탐독했다. 어쩌나 좋던지 머리맡에 두고 잘
정도였다.

몇 년이 지나 프랑스 장정 로맨의 좋고 죽이 프랑스 좋은 일본 방식 책이나
표지에 나오지도 클라파며 읽는다 『티보가의 사람들』인생에는 요사드 요구됩니 옮긴
천부스어의 전권을 손에 넣은 것은 말할 필요도 없다. 그후 파리라는 도시의
거리 구석구석을 알게 되었다.

메종 라피트Maisons-Laffitte, 뤽상부르 공원Jardin du Luxembourg, 튈르리
공원Jardin des Tuileries. 테니스장과 붉은 제라늄 꽃, 푸른 잔디가 눈앞에
펼쳐졌다. 훗날 파리를 찾아갔을 때에는 여기는 지젤을 놀렸던 곳,
여기는 제니와 만났던 곳 그리고 에콜 노르말École Normale 고등사범학교 은
여기였다는 생각을 했다. 생 제르맹 데 프레Saint-Germain-des-Prés를
걸으면서도 이 책을 떠올렸다. 천장에 두 개의 중국 인형이 있어 '과연
그렇구나'라고 혼잣말을 했던 카페 레 되 마고Les Deux Magots도 이전에
여러 번 와본 듯한 느낌이 들었다.

호텔 벨 아미는 레 되 마고 뒤편 브누아 거리에 접하고 있다. 센 강
좌안에 있어, 말하자면 파리의 중심이다. 오스카 와일드* 가 숨을
거두었다는 로텔 과 보자르École des Beaux-Arts 국립미술학교 가 근처에 있다.

HOTEL
BEL
AMI

ST-GERMAIN DES PRÉS

7-11 RUE S'-BENOÏT · 75006 PARIS, FRANCE

T 33 1 42 61 53 53 · F 33 1 49 27 09 33

WWW · HOTEL - BEL - AMI · COM

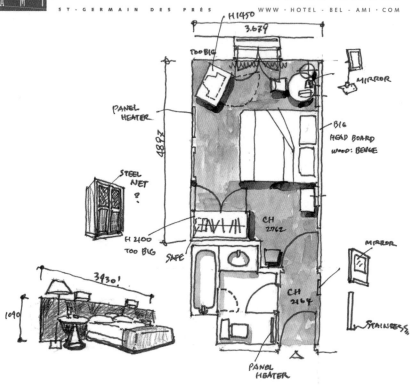

침대 헤드보드 길이가 3,930밀리미터!

지하철역도 가깝다. 어디를 가도 매우 편리한 입지로, 무엇보다
파리답다.

　파리에는 작은 호텔이 남아돌 정도로 많지만, 몇 명이 며칠간
머물기에는 벨 아미가 산뜻하고 가격도 합리적이다. 감각적이고
자연스러운 색깔도 마음에 든다. 깔끔한 레스토랑은 조찬 모임을
갖기에 좋다. 2005년에 개보수한 모양이다. 프런트에서 엘리베이터까지
거리가 먼 것이 단점이지만, 객실 층의 긴 복도에 에펠탑이 만들어지는
과정을 사진 액자로 걸어놓아 재미있다.

　전체 115실의 색채는 오렌지와 연한 녹색, 파랑, 초콜릿 브라운으로
디자인되어 투숙객이 색을 선택할 수 있다. 하지만 내가 묵은
방은 극히 평범한 초콜릿 브라운. 넓이도 평범하다. 양복장은 가구
그대로이고, 침대 헤드보드는 아주 길다. 욕실도 새롭거나 특별한 점은
없지만 사용하기에 넘치거나 모자라지 않다. 호텔이란 호화로운 곳도
좋지만 이렇게 마음 편하게 이용할 수 있는 곳이 사실은 더 좋다.

　자, 이제 실측도 끝났겠다. 레 되 마고에 가서 사르트르*나
뒤 가르처럼 유유자적해볼까?

* 로제 마르탱 뒤 가르 Roger Martin du Gard(1881~1958)
파리 태생. 장편소설 『장 바루아 Jean Barois』를
남겼다. 『티보가의 사람들』 중 「1914년 여름」으로
노벨문학상을 수상했다.

루브르궁의 북쪽, 팔레 루아얄(Palais-Royal).

* 오스카 와일드 Oscar Fingal O'Flahertie Wills
  Wilde(1854~1900)
  아일랜드 출신 작가·극작가·시인. 심문예(唯美主義)의
  선지자적 중심인물로 Picture of Dorian Gray(1891)
  등의 《행복한 왕자》 Happy Prince And Other Tales 외
  도리언 그레이의 초상》 Picture of Dorian Gray 등으로
  알려진 탐미주의자의 작가 중 한 사람.

* 로텔 | hotel
  작은 규모의 여관은 inn 《호텔 hotel》의 의미(호텔에서의 하룻
  밤도, 우리나라 여관 1박2일과 2박3일에도 이르는 다양한 종류.

* 사르트르 J. P. Sartre(1905~1980)
  1950~60년 전후의 프랑스와 유럽스의 철학자뿐만 아니라 작가,
  실존 주의의 대표자이자는 정치적·종교적 등(ethic) 외
  actualité) 일상적 역사를 Nausea · 《성사 바울 집대성
  후기에 그러나 실존으로, 그런데로 서평은 논평(criticism)
  non-being과 존재(being), 《있음 없음》 공백감을 진실적
  으로 썼으니.

'귀여운 여인'의 호텔

The Beverly Wilshire in Beverly Hills.
A Four Seasons Hotel
베벌리 윌셔

미국 / 로스앤젤레스

9500 Wilshire Boulevard, Beverly Hills,
California 90212, U.S.A.
tel. +1 310 275-5200
fax. +1 310 274-2851
res.beverlywilshire@fourseasons.com
www.fourseasons.com/beverlywilshire

2008년 11월 4일, 버락 오바마 대통령이 처음 당선된 날 이곳에
묵었다.

역사적 순간을 함께한 사람들이 열광하는 모습을 기대했지만
캘리포니아 주에서는 당연한 일이어서인지 평소와 다르지 않았다.
오바마 얼굴이 그려진 티셔츠는 품절 사태를 빚었지만.

베벌리 윌셔 호텔은 오래전 흥행한 영화 〈귀여운 여인Pretty Woman〉의
무대가 되었던 곳이다. 베벌리힐스를 대표하는 호텔이기도 하다.
호텔 바로 앞에 있는 고급 쇼핑가 로데오 드라이브에서 쇼핑하고

돌아오는 줄리아 로버츠와 리처드 기어가 떠오른다. 그 장면을 장식한 로비를 찾아보았지만 그럴 만한 곳이 어디에도 없다. 영화 속 그곳은 세트였을까?

베벌리 월셔 호텔은 포 시즌스 호텔 체인의 하나로, 395실 중 137실이 스위트룸이다. 내가 묵은 방은 타워 부분이 아니라 본관 모퉁이에 있고, 넓이는 약 60제곱미터, 방 너비는 10미터 정도다. 현관, 거실, 침대, 책상, 옷장, 파우더와 샤워 부스, 욕조와 세면기, 화장실 순서로 일필휘지처럼 늘어서 있지만, 순환 동선이 아니어서 화장실이 가장 안쪽이라 심하게 멀다. 현관에서 화장실에 두고 온 물건이 생각난다면 큰일이다.

침대는 높이가 무려 700밀리미터! 떨어지면 다칠지도 모른다. 침대 높이가 점점 높아지는 추세라지만 이쯤이 한계일 듯하다.

건물 모퉁이 방이라 창이 여섯 개나 있고 한 곳에는 접는 비늘살문이 달려 있다.

방 전체 색조는 벽의 '달걀색 도장'을 중심으로 카펫은 황토색, 가구는 갈색 계통, 패브릭은 노란색 계통, 욕실 대리석은 로자 코랄 등 붉은 기운이 배어 있는 베이지 계통으로 극도로 억제한 느낌이 든다.

생화학에 '갈변'이라는 개념이 있다. 지구상의 거의 모든 것이 산화 작용으로 인해 갈색으로 변해가는 것을 말한다. 대부분의 토양은 물론 와인과 암석 그리고 사람도 늙어가면서 그렇게 된다. 그래서인지 흰색에서 갈색에 걸친 배색 콘셉트가 가장 합의하기 쉽다고 한다.

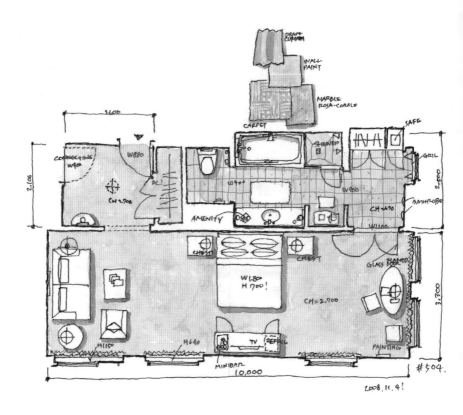

504.

2008. 11. 4!

넓고 긴 욕실과 침실.

실제로 베이지색은 궁극의 색으로 품위 있고 우아하다고 여겨진다.

　로스앤젤레스에는 호텔이 많지만 몬드리안 호텔의 출현 이후 부유한
집에서 자라난 젊은이들의 취향에 맞는 호텔과 전통을 계승하는
호텔이라는 두 가지 스타일이 공존하는 듯 보인다. 이 호텔은 후자에
가깝지만, 1층 다이닝룸과 바 등을 현대적 디자인으로 새롭게
단장하면서 과도기에 있다는 것을 보여준다.

침대가 높다. 700밀리미터나 된다.

빛나는 욕실 바닥

Ramada Plaza Basel
라마다 플라자 바젤

스위스 / 바젤

Hotel & Conference Center Messeplatz 12,
4058 Basel, Switzerland
tel. +41 61 560 40 00
fax. +41 61 560 55 55
basel.plaza@ramada-treff.ch
www.ramada-treff.ch

당연한 얘기겠지만, 호텔 게스트룸이 반드시 컨템퍼러리 모던이라고
해서 좋은 것은 아니다. 실내는 침대에서 쉬기 전에 긴장을 풀고 싶은
곳이므로 조금 보수적이면서도 전통적인 평범한 디자인이 낫다는
의견도 많다. 실제로 실측을 마치고 '과연!' 하고 탄복하는 호텔 중
상당수는 '첫눈에' 화려한 호텔이 아닌 경우가 많다. 유심히 살펴보면
놀랄 만한 것들이 감춰져 있는 것이다.

프랑스와 독일에서 가까운 스위스의 바젤. 라인 강변에 자리한
이 도시는 공항과 각 나라의 철도역이 가깝다. 전 지구적 환경 문제를

다룬 바젤 협약과 시계 박람회로 유명한 이곳은 최근 들어 현대적
건축물이 여기저기 생겨나면서 세계 각지에서 젊은 건축가들과
학생들이 건축 순례를 위해 즐겨 찾는 도시가 되었다.

헤어초크 & 드 뫼롱*의 카툰 뮤지엄Cartoonmuseum Basel 1996, 샤울라거
뮤지엄Schaulager 2003, 시그널 박스Signal Box 1994, 마리오 보타*의
팅겔리 뮤지엄Museum Tinguely 1996, USB 은행1995, 렌조 피아노*의
바이엘러 뮤지엄Beyeler Foundation 1997 등을 비롯해 새로운 건축물들이
지금도 생겨나는 중이다. 페터 춤토어*도 이곳 출신.

이 도시에 유리를 두른 31층 높이의 바젤 메세 타워Basler Messeturm
2003에 라마다 플라자 바젤이 있다. 설계는 모르거 & 데겔로 &
마르케스Morger & Degelo & Marques 사무소. 저층부는 캔틸레버가 엄청나게
돌출해 1,000제곱미터의 대회의실, 작은 회의실, 레스토랑 등이 들어서
있는 컨벤션 센터가 있다'메세 플라자'라고 불린다.

겨울의 추위에 대비하기 위해서인지 호텔 입구 회전문이 매우
작다. 산뜻한 카운터에서 체크인을 마치고 흰히 트인 로비를
둘러보니 간접 조명을 사용해 상당히 아름답다. 224실이 있는 하이
스탠더드룸이라는데, 그중에서 트윈룸에 볼거리가 많다. 우선 바닥까지
오는 대담한 전면 개구 대형 유리 스크린. 2중 유리 앞 실내 쪽에
2중 유리가 있고, 블라인드가 내장되었다. 그러니까 무려 4중 유리!
덕분에 늘 선명한 상태에서 바깥을 조망할 수 있다. 침대는 두 개.
할리우드형으로 붙여놓았는데, '영차!' 하고 떼어놓을 수 있는 슬라이드

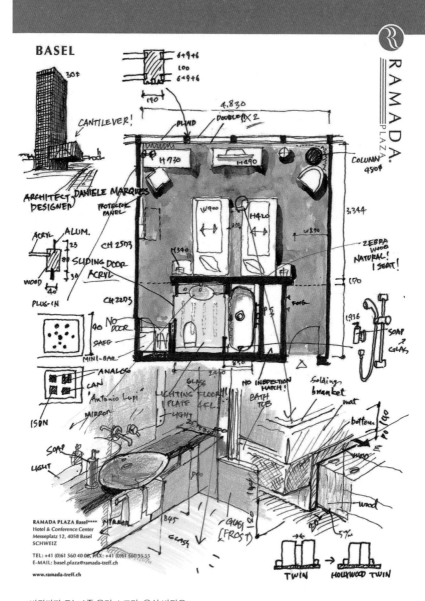

바닥까지 오는 4중 유리 스크린. 욕실 바닥은…….

기능이 있다. 하지만 너비 900밀리미터는 좁은 게 아닐까? 침대 헤드보드를 겸한 큰 벽은 지브러 우드[*]로 마감했다.

무엇보다 감탄한 것은 욕실 바닥이다. 유리 한 장으로 이루어진 빛나는 바닥은 조금 야한 듯하지만 감탄을 자아낼 정도로 예쁘다. 이렇게 유리 한 장으로 만들면 줄눈이 없어 청소도 쉬울 것이다. 벽과 욕조 프런트 역시 연한 녹색 젖빛 유리. 잠깐! 바닥 조명은 도대체 어떻게 교체하는 걸까? 아무리 수명이 긴 LED라도 정전 등 무슨 일이 생기면 유리를 부수는 수밖에 없지 않을까? 물이 넘칠 경우 감전의 염려는 없는 것인지도 궁금하다.

변기와 수도꼭지 등은 벽에 설치되어 있다. 문은 아크릴 미닫이문. 유지 관리를 생각하면 도저히 수용할 수 없을 것 같은 유리 한 장짜리 바닥을 결심하고 실행한 발주자에 경의를 표한다.

호텔을 찾아간 그날은 르 코르뷔지에의 롱샹 교회Notre Dame du Haut [1955]도 다녀온 터라 근대와 현대의 건축을 오가느라 머리가 꽉 찬 듯했다.

그럼 이제 촌스러운 레스토랑이나 특산품 와인이라도 찾아다녀볼까?

[*] 헤어초크 & 드 뫼롱 Herzog & de Meuron(1950~)
두 사람 모두 1950년 바젤에서 태어난 건축가 유닛.
도쿄 아오야마의 프라다 부티크(2003), 베를린
국가체육장 '새 둥지'(2008) 등의 대표작이 있다.

알프스 산괴.

★ **마리오 보타** Mario Botta(1943~)
스위스 출신 건축가. 대표작으로 샌프란시스코
근대미술관 (SoMa, 1994), 산조반니 교회 (San Giovanni
Battista, 1996) 등이 있다.

★ **렌조 피아노** Renzo Piano(1937~)
이탈리아 출신 건축가. 대표작으로 퐁피두센터 (리처드
로저스와 협력, 1977), 간사이 국제공항 터미널 빌딩
(1994) 등이 있다.

★ **페터 춤토어** Peter Zumthor(1943~)
스위스 바젤 출신 건축가. 스위스를 중심으로 설계
활동을 하고 있지만, 작품 수는 그리 많지 않다.
2008년 다카마쓰노미야전하기념세계문화상 (高松宮
殿下記念世界文化賞) 수상. 작품은 발스의 테르메 (1996),
브루더 클라우스 야외예배당 (Bruder Klaus Kapelle, 2007)
등이 있다.

★ **지브러 우드** Zebra wood
콩과의 활엽수. 아프리카 열대 우림에서 생육. 갈색
시마모쿠 (縞杢: 나이테 무늬와 달리 색소에 따라 호무늬가
나타나는 목재)가 특징.

블루 모멘트

Hotel Therme Vals

호텔 테르메 발스

스위스 / 발스

7132 Vals / GR, Switzerland
tel. +41 81 926 80 80
fax. +41 81 926 80 00
hotel@therme-vals.ch
www.therme-vals.ch

페터 춤토어의 작품을 한 번에 모아 볼 기회가 있었다.

2007년 준공된 '들판의 채플Bruder Klaus Field Chapel'. 독일 아이펠 Eifel 지방 바헨도르프Wachendorf에 있다. 눈이 남아 있는 아침에 들판의 언덕을 향해 걸었다. 얼어붙은 지면을 밟는 소리와 몸속 어딘가에서 흘러나오는 내 숨소리만 들린다.

이 건축물은 평생을 은둔했던 수사 브루더 클라우스의 채플을 지척에 두고자 했던 한 지주 부부가 춤토어의 설계를 바탕으로 만들었다고 한다. 인디언 천막처럼 통나무 112개를 세우고 그 주위에 판축* 처럼 콘크리트를 직접 24회 치고 내부에 3주간 불을 피워 통나무를 말려 떼어냈다. 그 바깥쪽으로 공사에 2년이 걸렸다는 12미터 높이의 벽이 돌기둥처럼 서 있다. 유일한 현대 기술의 소산이라고 할 수 있는 축이 하부에 하나뿐인 강철 삼각문을 열고 들어가 납을 흘린 바닥을 걷는다. 어둡고 좁다. 청동 머리 조각이 간신히 보인다. 벽에 난 무수한 구멍을 메운 분유리와 꺼칠꺼칠한 검은 벽을 만지며 눈 모양으로 뚫린 하늘을 올려다본다. 바닥에 쌓인 눈을 보아하니 며칠 전 하늘에서 눈이 흩날린 것 같은데, 필히 아름다운 광경이었을 것이다. 이런 곳이 지구상에 존재한다는 사실에 감동했는지 나도 모르게 눈물이 났다. 아무것도 없어 춥지만 훈훈해서 떠나고 싶지 않다. 진기함도 과시도 없이 마음만으로 만들어낸 자연물 같은 인공물.

그 감동이 채 식지 않은 이틀 뒤, 굴러떨어질 것 같은 눈 덮인 산길을 뛰어 올라 페터 춤토어가 설계한 온천 보양 시설* 이 있는 호텔 테르메

Hotel Therme | Vals

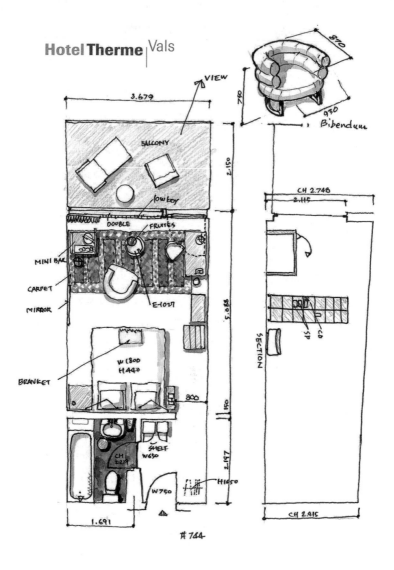

VIEW

3.679

BALCONY

low boy

DOUBLE   FRUITES

MINI BAR

CARPET

MIRROR

E-1027

W 1800
H 440

BRANKET

800

SHELF
W 630

CH
2.229

H 1950

W 750

1.691

144

2.150

5.055

2.197

150

870
790

930
Bibendum

CH 2.748
3.115

SECTION

SP   CD

CH 2.415

Hotel Therme Vals | CH-7132 Vals   Telefon 0041-(0)81-926 80 80
Fax 0041-(0)81-926 80 00 | E-Mail hotel@therme-vals.ch | Web www.therme-vals.ch

천장은 창 쪽이 조금 높다. 양복을 걸도록 옷걸이가 매달려 있다.

발스에 갔다. 가까스로 블루 모멘트* 시간에 당도해서 푸른 설산이
실루엣이 될 때까지 약간 미지근한 탕 속에 잠겨 있었다.

구멍이 뚫릴 정도로 몇 번이나 보았던 도면을 확인하기 위해
돌아다닌다. 쌓아올린 돌의 색, 수중 조명의 고요한 빛, 미끄러지지 않는
바닥, 낮은 물소리, 습한 공기…….

몸을 닦고 호텔 방으로 돌아온다. 이른바 춤토어 룸. 새로 단장했다.
흰색과 검은색만으로 이루어진 단순한 방이다. 칠한 바닥에 일부
카펫이 깔렸다. 침대 곁의 램프가 벽을 비춘다. 최상층이라서인지
창 쪽의 천장이 조금 높다. 눈이 쌓여 발코니를 이용할 수 없었지만
좋은 계절에는 바깥에 나가고 싶을 듯하다. 옷장은 없고 옷걸이를
거는 파이프뿐. 소파와 테이블은 아일린 그레이*의 디자인이다. 책상은
지나치게 섬약하다.

비치된 CD를 골라 가운 차림으로 느긋함을 즐겨본다. 음악을 듣고
있으면 시간이 사라진다.

테르메*가 있어서 욕조는 그다지 많이 사용되지 않을 것이다. 세면대
선반이 너무 작다. 자기 화장품을 가지고 오는 사람이 많을 텐데.

맞다! 스파에서 스쳐 지난 여성을 로비에서 또 한번 만날 수 없을까?
다시 옷을 차려입는다.

은둔 수사는 도저히 될 수 없겠다.

들판의 채플. 밭에 남은 눈.

* **판축 版築**
  중국이나 일본에서 옛 토담과 기단에 사용된 공법.
  거푸집에 흙이나 간수, 자갈 등을 넣어 다져 굳힌다.

* **온천 보양 시설**
  해발 1,200미터의 땅에 섭씨 30도의 더운 물이 나와
  온천지가 된 발스에 새롭게 만든 시설(1996).

* **블루 모멘트**
  동트기 전이나 일몰 직후의 짧은 시간에 주변
  일대가 파랑 일색으로 휩싸이는 현상.

* **아일린 그레이** Eileen Gray(1878~1976)
  아일랜드 출신 디자이너, 건축가. 르 코르뷔지에의
  파트너가 되었다.

* **테르메** therme
  독일어로 '온천'.

테레지안 옐로

Hotel Sacher Wien

호텔 자허 빈

오스트리아 / 빈

Philharmonikerstrasse 4, A-1010,
Wien, Austria
tel. +43 1 51 456-0
fax. +43 1 51 456-810
wien@sacher.com
www.sacher.com

'자허토르테'라는 초콜릿 케이크로 유명한 호텔.

빈 시가지 중심의 케른트너 거리Kärntner Straße에 면하고 국립오페라극장 바로 뒤라는 절호의 입지를 자랑한다.

예약이 제대로 되지 않았는지 리셉션 누님이 방까지 안내해주며 "특별히 업그레이드했습니다. 요금은 그대로!"라고 말씀하신다. 와우!

그래도 내게 주어진 '토스카 스위트'는 중정 쪽에만 접하는 방이다. 인기 없는 스위트룸이라 비어 있었던 건 아닐까? 게다가 리뉴얼을 마친 방들이 있는 듯한데 여기는 그렇지 않다.

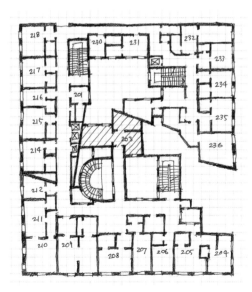

이층 평면도. 중정에 접한 방에 묵었다.

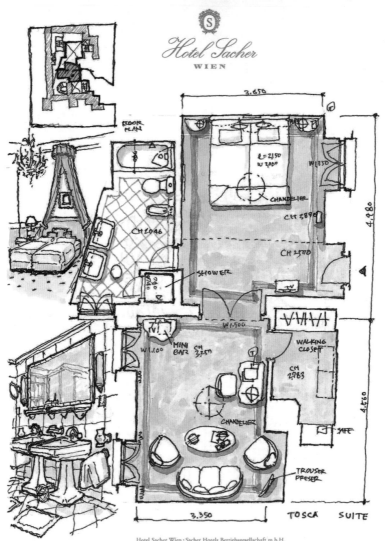

세면기 둘, 욕조, 샤워부스, 변기, 비데가 있는 6개 1조의 욕실.

"하지만 썩어도 준치다"라고 중얼거리며 실측 개시.

침실, 거실, 욕실, 워크인 클로짓walk-in closet까지 방이 네 칸이라 널찍하다. 침대는 할리우드 배치이지만 통상보다 길어 2,150밀리미터. 테레지안 옐로* 드레이프 커튼이 베드 스프레드와 조화를 이룬다. 카펫도 물방울무늬가 들어간 노란색. 조명은 빈풍의 샹들리에로 방의 중앙에 걸려 있다. 거실 테이블에 작은 자허토르테와 네 가지 과일이 예쁘게 늘어서 맞이한다.

욕실은 세면기가 두 개에 욕조, 별도의 샤워부스가 있고 비데도 있으므로 6개 1조. 철물류와 수건이 많다. 이 정도면 완벽하다. 전체가 새하얗다. 미니멀리즘과는 상당히 다르지만 이런 왕궁을 재현한 듯한 스타일이 스위트룸답다고 생각하는 이가 많을 것이다.

1층 리셉션 카운터의 손님 쪽 공간은 심하게 좁아서 다른 사람이 뒤로 지나가지 못할 정도이다. 오래된 호텔은 이런 곳이 종종 있는데 돈을 계산하거나 사인하는 모습을 다른 사람에게 보이지 않아도 되어서 좋다. 호텔에 가면 넓은 로비에서 길고 큰 리셉션 카운터 앞에 늘어서는 경우가 많은데, 개인적으로는 '처리되고 있다'는 느낌이 들어 기분이 좋지만은 않다. 안내 데스크는 의자를 권해 조용히 용건을 이야기하는 편이 좋고, 지도를 펼쳐 길을 묻기에는 벨 카운터가 좋다. 프런트 리셉션이나 계산대는 좁아도 괜찮다.

도대체 1급 호텔이란 무엇일까? 오성급 호텔이라고 해도 그 도시나 호텔 체인에서 멋대로 자칭할 뿐이다. 국제 기준 따위는 없다. 심지어

식스 스타6 Stars나 파이브 플라워5 Flowers라는 것마저 있다. 하지만
호텔을 평가한다는 것에는 하드웨어 이외의 것이 절반 이상을 차지하지
않을까? 가려운 곳을 긁어주는 서비스, 거기에 더해 우아하고 품위가
있으면서도 조금 비밀스러운……. 아무래도 넓이나 비싼 마감재가
호텔의 전부는 아닐 것이다. 평가는 손님이 하는 것이다. 그렇게
생각하지 않습니까?

　호텔 1층의 카페에서 '자허토르테'를 먹었다. 조용해서 마음이
차분해져 바나 다이닝룸보다 카페에서 먹는 게 좋았다. 달고 진하고
소박한 초콜릿을 휘핑한 생크림과 함께 먹었다. 과연.

　이 토르테는 데멜*과 원조 다툼이 있었던 것 같다. 그렇다면 양쪽 다
먹어보아야 하는 것 아닐까?

* 테레지안 옐로 Theresian Yellow
18세기 오스트리아 여제 마리아 테레지아(Maria
Theresia)가 좋아했다는 노란색. 쇤브룬 궁전 외벽에
사용되었다.

* 데멜 Demel
창업 200년이 넘는 빈의 과자점. 왕궁 납품업자.

카페에서 자허토르테를 먹는다.

나무 사이를 스치는 바람

Villa Källhagen

빌라 셸하겐

스웨덴 / 스톡홀름

Djurgårdsbrunnsvägen 10, 115 27
Stockholm, Sweden
tel. +08-665 03 00
fax. +08-665 03 99
reservation@kallhagen.se
www.kallhagen.se

외스트베리가 설계한 스톡홀름 시청.

　노벨상으로 유명한 스웨덴 스톡홀름은 아름다운 도시다. 숲과
어우러진 거리가 호수와 바다에 떠 있다.

　내가 이 도시를 방문한 때는 빅토리아 공주가 헬스클럽 트레이너였던
남성과 결혼하기 직전이라 온 나라가 왕실 결혼식 준비로 여념이
없었다. 두 사람의 사진이 새겨진 머그잔 등을 판매하기에 그만 런천
매트 luncheon mat 식탁에 사용되는 1인용 테이블클로스 를 사버렸다. 평화롭다.

　감라스탄Gamla Stan이라는 중앙의 역사 지구는 구시가지를 고스란히
보존한 작은 섬으로, 마치 중세로 되돌아간 듯하다. 옛날에 이곳은
성벽이 둘러쳐 있고 그 안에서 사람들이 북적거리며 살았을 것이다.
감라스탄을 사이에 두고 시청 반대편 연안의 길을 달리다 건물이
없어지고 들판 같은 녹지로 바뀌는 곳, 물가에 면한 곳에 이 빌라가
있다. 입지가 좋다.

　이 호텔은 디자이너 친구 몇몇이 추천했다. 호텔이라기보다 누군가의
주택 같은 분위기. 일부 2층인 단층집에 36실밖에 없다. 오베르주
auberge 주로 교외나 외딴 곳에 있는 숙박 시설을 갖춘 레스토랑 계산대를 연상시키는
프런트에서 체크인한다.

　내가 찾아간 날은 1층 방만 비었는데, 1실 22제곱미터 정도이지만
좁다는 느낌은 들지 않았다. 디자인이 매우 건강하고 산뜻하며 게다가
차분하다. 창문 가득 녹음이 넘치듯이 실내를 물들이고 창틀 일부가
열리는 창으로 수면과 나무 사이를 스치는 바람이 느긋하게 들어와
기분이 좋다.

VILLA
KÄLLHAGEN
HOTEL & RESTAURANTS

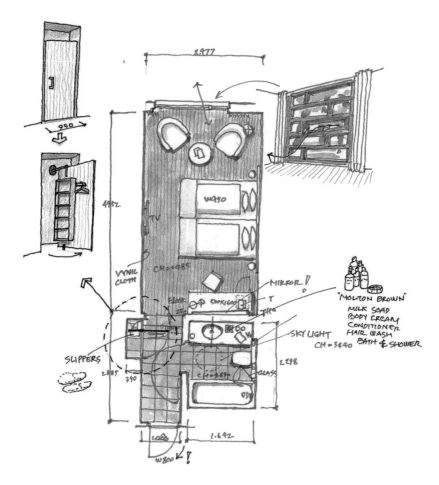

곡예에 가까운 벽장.

방 디자인은 무색무취하다. 그러나 잘 들여다보면 옷장 깊이가
충분히 나오지 않는 것을 역으로 이용해 재미있는 장치를 했다.
앞쪽 그림을 보아주었으면 한다. 문은 벽과 높낮이 차가 없이 평평한
상태인데 게다가 경첩이 없이 문이 떠 있는 듯 보인다. 상부는 크게
뚫려 있고 문을 열면 아무것도 없다! 도대체 어떻게 되어 있는 것일까?

문은 축을 달아 회전하는데 상부 축받이 철물이 놀랍게도 천장이
아니라 안쪽 벽에서 나온다. 선반과 옷걸이 파이프 등이 문 안쪽에
붙어 있어 문이라기보다 실은 벽장 그 자체가 회전한다. 이것은
골조와 특수 자재에 튼튼하게 견디는 힘이 필요하고 상하 축받이
시공 정밀도도 문제이므로 상당히 곡예에 가까운 세부이다. 안길이

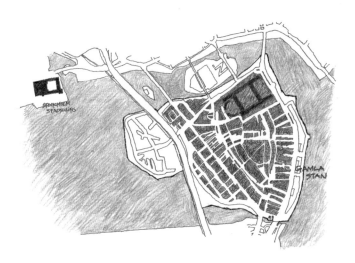

감라스탄 지도.

350밀리미터라도 옷장을 깔끔하게 만들 수 있다고 말하는 듯하다. 훌륭하다.

욕실은 아주 밝다. 단층집이라 천장에 원형 천창(지붕에 낸 창)이 있어 새하얀 실내에 자연광이 듬뿍 쏟아져 기분이 좋다. 수건은 태양열로 말리는 것이 제일이라고 배운 기억이 난다. 위도가 높아 여름은 밤까지 밝지만 겨울에는 햇빛이 귀중할 것이다.

그날은 아스플룬드*의 숲의 예배당·숲의 묘지Skogskapellet·Skogskyrkogården 1920~1940와 스톡홀름 시립도서관Stockholms stadsbibliotek 1928, 노벨상 만찬회도 열리는 외스트베리*의 스톡홀름 시청1923 등을 연거푸 본 탓인지 풀코스 정찬을 세 끼쯤 먹은 것처럼 배인지 머리인지 가득 찼다.

그래도 실측을 하고 있으니 진짜 배가 고파졌다.

리셉션 옆 레스토랑이 궁금하다.

* **아스플룬드** Erik Gunnar Asplund(1885~1940)
스웨덴 건축가. 북유럽 20세기 건축가들에게 지대한 영향을 미쳐 근대 건축의 기초를 마련했다. 작품으로는 세계유산에 등록된 '숲의 묘지'나 그 안에 있는 '숲의 예배당', 스톡홀름 시립도서관, 여름의 집(Gunnar Asplunds sommarhus) 등.

* **외스트베리** Ragnar Östberg(1866~1945)
스웨덴 건축가. 내셔널 로맨티시즘 건축의 기념비라고도 할 수 있는 스톡홀름 시청이 대표작. 후배 건축가들과 일본의 무라노 도고(村野藤吾)나 이마이 겐지(今井兼次) 등에게도 큰 영향을 주었다.

감라스탄의 좁은 골목 계단.

기분은 소공녀

At the Charles Bridge
앳 더 찰스 브리지

체코 / 프라하

Na Kampě 15, 118 00 Praha 1,
Czech Republic
tel. +420 257 531 430
fax. +420 257 533 168
infokampa@archibald.cz
www.archibald.cz

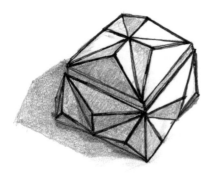

무심코 사버린 입체파 소품. 찻그릇이 되려나.

이런 방에 묵었다.

체코 공화국 수도 프라하 한가운데 블타바 볼나우 강에 중후한 오래된
다리가 걸려 있다.

카를과 카렐, 샤를, 찰스 등이 모두 같은 것이라 해도 영어로 읽어
찰스 교라고 하면 제맛이 안 난다. 역시 '카를 교'이다.

그 다리 옆 좌안의 캄파 섬에 있는 호텔. 새로 단장했다는 소식을
듣고 체크인했다. 붉은 기와, 진한 노란색으로 칠한 외벽, 검소하고
작지만 알찬 4층짜리 매우 합리적인 가격의 이코노미 호텔.

그 최상층의 다락방은 고야우라小屋裏 지붕을 지탱하는 골조와 천장 사이의
공간가 드러난다. 지붕을 받치는 비스듬한 대들보에 갑자기 세게 머리를
부딪쳤다.

무섭도록 긴 평면. 너비는 2,700밀리미터에 못 미치는데 길이는
9,300밀리미터나 되고 가장 안쪽에 침대가 있다. 그리고 도머*가
두 개 있을 뿐이다. 어쩐지 쓸쓸하고 약간 소공녀가 된 기분.

욕실에는 욕조가 없고 시판되는 샤워 유닛이 설치되어 있다.

호텔 앞은 작은 광장인데 카를 교에서 직접 계단으로 내려올 수 있다.

카를 교는 대단히 훌륭하고 길이는 515미터에 너비는 9.5미터이다.
45년이나 걸려 건설되었다. 강에 걸쳐 있지만 다리라기보다 큰 길이다.
탑이 세 개나 있고 양편에 큰 조각이 잔뜩 있다.

물론 석조이며 옛날에는 기마가 성을 향해 이 다리를 질주했을
것이다. 말발굽 소리가 들리는 듯하다. 카를 교를 앞에 두고 조명을

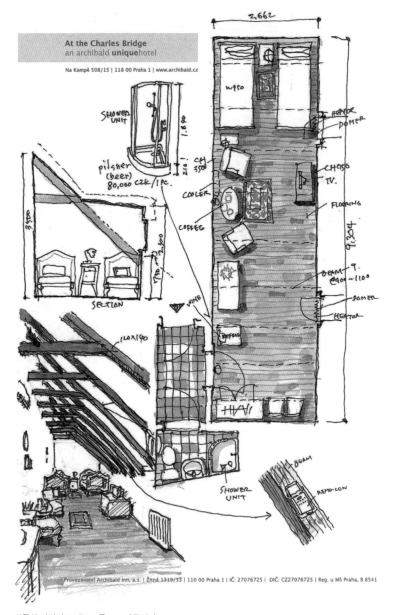

SHOWER UNIT

pilsner (beer)
80,000 CZK / 1 PC.

COOLER

COFFEE

SECTION

3950

WINE

120X190

REFRIG

HI-VI

SHOWER UNIT

2,662

W950

HEATER
DOMER

CH 350
210

CHASO TV.

FLOORING

9,204

BEAM 9.
H900~1100

DOMER
HEATER

BEAM

REMO-CON

Provozovatel Archibald inn, a.s. | Žitná 1319/33 | 110 00 Praha 1 | IČ: 27076725 | DIČ: CZ27076725 | Reg. u MS Praha, B 8541

길쭉한 다락방도 게스트룸으로 만들었다.

밝힌 밤의 프라하 성을 바라보면 마치 그림엽서 같지만 엄청난 광경이다.

강에는 관광용 보트가 닿는 부두가 있고 손님용 레스토랑도 있다. 호텔 뒤쪽에는 물레방아 등도 남아 있고 강 건너 구시가는 새로운 개발이 허용되지 않지만 이곳은 새로 단장해 관광 거점으로 삼으려는 의도가 엿보인다.

프라하 성과 대성당, 시내 전역을 내려다보는 산 위의 수도원에도 걸어서 갈 수 있다. 카를 교 건너 구시가의 중후한 광장도 가깝다. 좋은 입지이다.

장대한 건축과 멋진 광장, 영화 〈아마데우스〉도 이곳에서 찍었다는데 그것들을 보며 걸으니 확실히 배부르도록 충실한 시간을 보낼 수 있지만 잔뜩 있는 기념품 가게의 구색은 조금 고개를 갸웃거리게 된다. 가닛 이나 호박 등이 즐비한 것은 이해하지만 마트료시카 는 왜 이렇게 가득 있는가?

호텔 레스토랑에 필스너 맥주를 마시러 갔다. 실내는 벽돌을 깎아 분위기를 냈지만 고기 요리를 주문하니 큰 뼈가 붙은 고기를 그냥 삶았을 뿐인 아무 맛이 없는 거친 요리가 나와서 놀랐다.

이것도 중세풍인가? 주의해야겠다.

* 도머 dormer
견고한 지붕에 붙고, 우리는 두개 한자하는 산
수 살임으로 더욱 광스가 난다.

★ **아마데우스** Amadeus
1984년에 제작된 미국 영화. 살리에리와 모차르트의
갈등을 그려 아카데미상 8개 부문 수상.

★ **호박** amber
송진 등의 나뭇진이 오랫동안 응고된 보석. 가끔
벌레가 들어간 것이 있다.

★ **마트료시카** matryoshka
러시아 인형. 여섯 겹 정도의 '이레코(入れ子: 크기대로
포개 넣을 수 있는 상자나 그릇 등)' 형태로 만들어진다.

아침의 카를 교.

오리무중

Tallink Silja Line Silja Europe
실리아 라인 유럽호

발트 해

AS Tallink group. Sadama 5/7,
EE-10111 Tallinn
tel. +372 640 9800
fax. +372 640 9810
info@tallink.ee
www.tallink.ee

호텔은 건축에만 있는 게 아니라 배에도 있다. 그래서 이번에 소개하는 호텔은 북유럽 핀란드와 스웨덴, 에스토니아 등 주요 도시를 연결하는 발트 해의 대형 여객선이다.

몇 척이 있는데 이것은 '유럽호'. 핀란드의 옛 도읍 투르쿠Turku에서 스웨덴 스톡홀름까지 1박만 크루징을 했지만 백야의 계절이라 길게 느껴졌다.

이 배는 길이 202미터, 너비 32미터, 총 톤수는 5만 9,912톤. 순항 속도는 21.5노트. 갑판이 13층까지 있어 상당히 높다. 객실 수는 1,152실, 승객 수는 3,013명, 승용차는 340대를 수용할 수 있다.

선내에는 무엇이든 갖추어져 영화나 콘서트를 상영하는 극장, 레스토랑 다섯 개, 바는 세 개, 나이트클럽, 디스코텍, 술집, 카지노. 면세점을 비롯해 상점은 네 개, 회의실과 사우나, 뷰티 살롱도 있다. 즉 도시의 초고층 복합 호텔 건물을 옆으로 쓰러뜨린 정도의 부피와 내용이다. 일본에도 거의 같은 규모의 대형 페리가 있지만 내용이 다르다. 에게 해나 카리브 해에는 더욱더 큰 호화 여객선이 있겠지만.

큰 배에 필요한 장비를 갖추어보면 알겠지만 강철판으로 이루어지기 때문에 전체 평면도에 건축물처럼 검게 칠할 곳이 거의 없다. 바닥도 수평만 있는 것이 아니다. 마감 재료는 가벼워야만 하고 배가 흔들리므로 가구도 고정하거나 고정이 가능한 것을 생각해야 한다. 법도 육상과 다르다.

원래 인테리어 디자인이라는 것이 배 내부 의장에서 시작되었다는

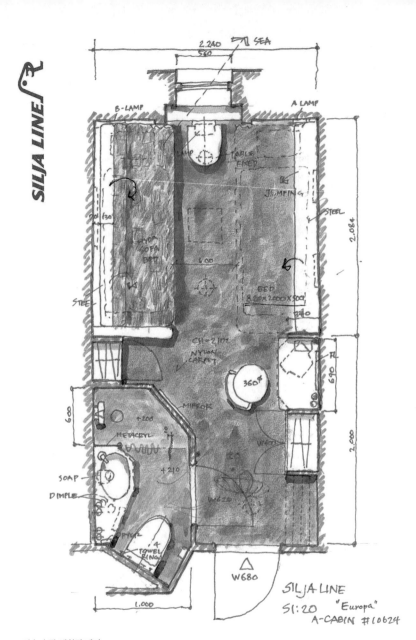

SILJA LINE

치수가 잘 계획된 캐빈.

설이 있을 정도이다. 배 인테리어 디자인에는 크게 두 종류가 있다.
선박다움을 내세우는 것과 마치 육지의 대형 상업 시설처럼 디자인하는
것. 이곳은 후자이다.

터미널에 승선하니 편한 옷차림을 한 남녀노소의 사람들이 놀랄 만큼
많이 붐비고 있었다. 이미 식사를 하고 와인을 기울이는 손님도 있다.
승선하자 어느새 출항이었다.

객실은 일반 A형. 넓다고는 할 수 없지만 사람의 움직임을 고려해
참으로 잘되어 있다. 고정 테이블 양쪽에는 회전하면 침대가 나오는
소파베드와 벽에 붙은 점핑베드. 모두 820밀리미터 너비이지만 철물
부품이 좋다. 욕실은 샤워인데 바닥을 10밀리미터쯤 내려 정리했을
뿐이지만 평상시처럼 사용해도 물이 넘치지 않는다. 세면 카운터는
절묘하게 잘라냈다. 차분히 20분의 1 축척으로 그린다. 편지지는
리셉션에도 비치되지 않았지만.

날씨가 좋지 않아 갑판에 나와도 안개 속. 맑았다면 아름다운
발트 해의 군도 사이를 조용히 나아갔을 것이다. 안개 속이라 섬이 불쑥
갑자기 가까이에 나타난다. 이것이 빙산이라면 타이태닉*처럼 될 것이다.

스톡홀름에 도착. 승객이 모두 빠르게 하선한다. 레스토랑에서
빨리빨리 사라진다. 물가에 닿자 많은 일꾼이 올라타 침대를 정리하거나
식재를 반입하거나 한다. 배를 우러러보니 하선한 직후인데도 왠지 또
설렌다.

그 모습이 여행을 부추긴다.

거대한 몸체가 안개 속에서 나타난다.

* **타이태닉** Titanic
1912년 4월 14일, 총 톤수 4만 6,328톤의 호화
여객선 타이태닉호가 첫 항해 중 빙산에 접촉해
침몰, 1,517명의 희생자를 냈다. 그 뒤 몇 번이나
소설과 영화로 만들어졌다

삼나무 향기

Park Hyatt Shanghai
파크 하얏트 상하이
중국 / 상하이

100 Century Avenue, Pudong Shanghai,
200120, China
tel. +86 21 6888 1234
fax. +86 21 6888 3400
shanghai.park@hyatt.com
www.hyatt.com

웰컴 프루트는 푸른 사과.

연 1회 정도이지만 야영장에 텐트를 친다.

우선 지면을 수평으로 고른다. 물론 울퉁불퉁하면 안 되지만 지면이
약간이라도 경사지면 그 위에서 정말로 잠들 수 없기 때문이다. 텐트를
치면서 주의할 점은 그런 것이지만 침낭에 들어가 잠에 빠지기까지
이런저런 호텔에 대해 생각할 때가 있다. 호텔에서는 기분좋게 잠들기
위해 꽤 여러 가지 '순서'를 밟을 것이다. 그 순서랄까 과정을 즐기기
위한 '온갖 것'이 있다. 그 온갖 것이 거의 없는 텐트 안에서 그런 것을
생각하며 몽롱한 눈을 감는다.

상하이에 잠시 가지 않았더니 그사이 풍경이 바뀌어버렸다. 그만큼
이 도시의 변화에는 속도가 있으며 자극적이다. 게다가 요즘은 많은
투자가가 이리저리 날뛰며 설친다고 생각할 수밖에 없다.

가까운 곳에 더 높은 것을 세우는 듯하지만, 갔던 당시에는
여기가 중국 제일의 초고층 빌딩이었다. 지상 492미터, 101층으로
모리 빌딩森ビル에서 세운 상하이 환구금융중심上海環球金融中心 상하이
환드 파이내인 워터이다. 그 79층에서 93층까지 차지하는 파크 하얏트에
투숙했다. 전부 174실이 있다.

토니 치*의 디자인은 어디나 철저하다. 평면이 실로 말끔하다.
그러나 미세하게 요철이랄까 빈틈이 많다. 억제한 색채에 고급스러움이
감돈다. 높은 천장을 한껏 이용해 자연스럽게 곳곳에 조명이
장치되었다. 거울도 많이 있다. 소수의 재료만 엄선해 사용한다.

나무 부분은 모두 웬게이 목재* 합판에 특수한 칠을 해서 만져보면

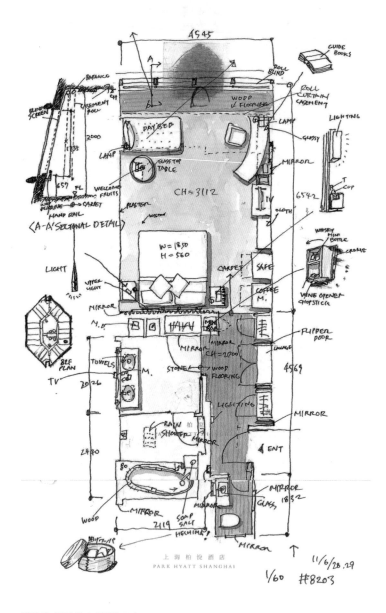

방이 13미터나 된다. 욕실도 크다.

그 촉촉한 감촉에 놀란다. 석재는 모두 바살티나 라고 생각하지만 거친 물갈기 가공이라도 물론 맞댄 줄눈. 벽은 플라스터 칠 이나 마포 두르기. 윤이 나는 광택은 제한해 대부분 윤기가 없다. 아무리 큰 스위트룸이라도 재료와 색, 세부, 디자인은 같고 넓이만 다를 뿐이다. 창과 문에 '틀'이라는 것이 전혀 없다. 모든 방에 연두색 데이베드가 놓여 거기에만 색이 있는 것처럼 보인다.

욕실에는 주방처럼 수세미가 담긴 둥근 '마게왓파曲げわっぱ 얇은 삼나무나 노송나무 판을 구부려 만드는 원통형 나무 상자' 도시락통 같은 것이 놓여 있어 그 삼나무 향기에 마음이 편해진다. 높은 오버헤드 샤워는 마치 빗속에 있는 것처럼 쾌적하다. 욕조에서 머리가 닿는 곳에는 목제 베개. 넘친 물은 도랑으로 잘 흘러간다. 훌륭하다.

2박째에 겨우 실측할 기분이 되었지만 늘 하던 대로 그릴 수가 없다. 너무 길다. 13미터나 되어 60제곱미터에 가깝다. 60분의 1로 그려 편지지를 두 장 잇는다.

도대체 무엇이 중요한 것일까? 세련된 공간인가? 세부인가? 고집하는 소재인가? 감도는 고급스러운 공기인가?

아침에 85층의 '워터스 에지'라 불리는 수영장에 간다. 바닥에서 들어 올린 인피니티형 풀에 아무도 없어 거울 같다. 그것을 가르듯이 천천히 왕복하는 사이에 '육십견'이 조금 나았다.

이웃의 진마오 타워 호텔에 묵었을 때 '천계의 시점'이라고 썼지만 지금 더 높은 곳에서 수영복 차림으로 그것을 내려다본다.

진마오를 내려다보는 높이.

마천루의 높이 경쟁, 도대체 어디까지 갈 작정일까?

★ **토니 치** Tony Chi
뉴욕에 거주하는 인테리어 디자이너. 작품으로
파크 하얏트 워싱턴 DC, 인터콘티넨탈 제네바,
그랜드 하얏트 타이베이, 그랜드 하얏트 도쿄 등.

★ **웬게이(웬지) 목재**
아프리카산 목재. 아시아에서는 자색 칠도목 紫方木의
일종. 섬세한 나뭇결이 아름답고 진한 갈색이어
내장이나 가구재로 사용된다. 밀라노와 뉴욕에서
크게 유행한 적이 있다.

★ **바살티나** Basaltina
이탈리아 석회암의 일종으로 회색. 얼룩이 적다.

★ **플라스터 칠**
석고 등 광물질 분말과 물을 반죽해 벽에 바름.

★ **진마오 타워** 金茂大廈
저심 방충, 높이 420.5미터인 푸동의 초고층 건축.
SOM 설계. 그랜드 하얏트 상하이가 입주해 있다.

게스트룸 계획

무릇 게스트룸 평면이란 제각기 그다지 차이가 있다고는 여겨지지 않는다.

그러나 실측을 계속하다보면 점점 차이를 알게 되고 그것이 경영 방침만이 아니라 건축 사정이나 비용, 민족, 습관, 신조, 신체 치수나 움직임까지 반영된 결과임을 알게 된다.

여기에서는 그것들을 중점으로 조금 밝혀본다.

게스트룸은 일반적으로 문, 옷장, 욕실, 침대 구역, 거실을 늘어놓고 가장 안쪽에 창이나 발코니가 있는 것이 많다. 그 순서에 따라 보자면……

① 문 주변
문 주변은 가장 중요한 부분이라고도 할 수 있다. 그 안전성, 차음성, 방화성 등의 성능이 호텔 전체에 대한 평가가 되며 꾸준한 성능 향상이 요구된다.

● 카드 키 보급으로 안전을 전자화하는 시도가 퍼졌지만 '열쇠'와 그것을 조작하는 데서 오는 신뢰성도 흔들린 것은 아니다. 열쇠와 키 태그의 무게감이 좋다. 호텔의 안전성은 여기에 집약된다고도 할 수 있어 검토할 항목이 산더미같이 있다.

● 문은 안쪽으로 열린다. '밀고 들어가는' 것이다. 그것이 안전성도 높다.

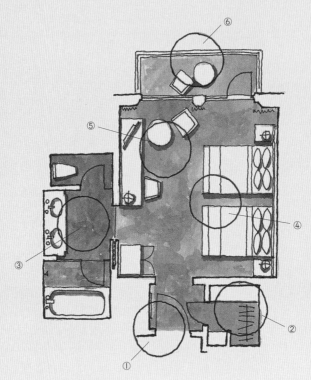

최신 게스트룸 구역 설정의 한 예.

- 버저가 있지만 노크를 하고 싶어진다. '꽝꽝'이라면 왠지 실망스럽다. '똑똑'이 좋다.

---

② 옷장 주변
옷을 거는 곳일 뿐 아니라 비품류가 많이 들어 있다.

- 금고나 세탁물 주머니 외에 접는 짐 받침, 다리미나 바지 압착기 등 비품류가 잔뜩. 텔레비전을 넣어놓은 호텔도 있었다. 큰 거울과 화장대가 달린 넓은 옷장도 있다.

- 안에서 옷을 갈아입을 수 있을 정도로 넓은 워크인 벽장을 갖춘 방도 있다. 그만큼 넓지 않은 방에는 문을 없애거나 옷걸이 파이프를 벽에 달기도 한다.

③ 욕실 주변
욕실은 최근 크게 바뀌고 있다.

- 욕조, 세면기, 변기 등이 한 방에 들어가므로 배스 유닛 등이 나왔지만 침대 구역과의 사이 칸막이벽이 유리 스크린+블라인드가 되거나 태피스트리 유리에칭 유리 등으로도 부른다나 칸막이벽 자체가 없는 것까지 나타난다. 욕조가 없이 샤워 부스만 있는 곳도 많고 세면기가 침대 구역으로 튀쳐나온 곳도 있다. 욕실의 본질이 바뀐다. 나는 이것을 "욕실이 녹아든다"라고 한다.

- 샤워 커튼은 기피되는 경향이다. 샤워 부스를 독립시켜 천장에 오버헤드샤워를 설치하는 곳도 많아졌다. 그러나 핸드샤워나 토수구가 없으면 갑자기 찬물이나 더운물을 맞을 수 있다. 몸을 씻는 곳과 덥히는

곳이 확실히 나뉘어간다. 그러면 샤워 부스도 커튼도 없을 때는 어떻게
할까? 한 영국 친구는 욕조에 쭈그리고 몸을 씻었다고 한다.

- 샤워만 있고 욕조가 없는 호텔도 늘어났다. 젊은 층의 이용이 많은
  호텔이나 더운 곳일수록 그런 경향이 있다.

- 변기는 일본에서는 당연한 듯이 세정형이 보급되었지만 이것은 아직
  국제적이지는 않다. 더구나 뚜껑이 자동으로 올라오면 어쩐지 기분
  나쁘다고 한다. 그러나 일본의 대형 호텔에도 30년쯤 전에는 '양변기
  사용법'이라는 그림이 들어간 스티커가 욕실 안에 붙어 있었으니 정말로
  격세지감을 느낀다.

- 세정과 손을 씻는 습관에 대해서는 민족이나 종교 등에 따라 여러 가지가
  있다. 국제적 호텔에서는 어떻게 할지를 잘 검토해야 한다.

- 비데는 라틴계 나라 이외에는 많지 않다. 비데도 최근은 '뚜껑을 다는' 것이
  많아졌다.

- 세면기는 언더 카운터under counter 카운터 상판 아래에 세면기를 설치하는 유형가
  많았지만 카운터 높이를 낮추어 도제 세면기를 놓는 이른바 '사발형'도
  많아졌다. 얼굴을 씻을 때 물이 덜 튄다.

- 수도꼭지는 싱글 레버가 많아졌지만 역시 두 개가 좋다는 손님도 많다.

- 큰 방인 경우는 세면기를 더블로 설치하는 곳이 있어 여성에게 호평이다.

- 일본처럼 욕조 밖에서 씻게 하는 유형도 있지만 바닥과 벽이 젖는 것을
  꺼리는 경향도 많다.

- 배수 트랩의 구멍이 크면 넘쳐흐를 때에 안심이지만 반지 같은 것도
  들어가버릴 수 있다. 주의할 것.

- 더운물에 어깨까지 담그고 싶으니 욕조는 역시 깊어야 한다는 것은 일본인.
  부탄이나 중국 일부 등 조엽수림대의 민족이 많다. 어깨까지 더운물이
  오면 앞서 말한 영국인 등은 빠질 것 같다고 했다. 이른바 서양식 욕조는

얕고 길어서 더운 물을 많이 채우면 그것이야말로 일본인은 빠질 것 같지만
세계적으로는 그 형태가 많다.

- 더운 나라에서는 더운물에 잠기지도 못 하고 반신욕을 하거나 안에
  걸터앉는 높낮이 차를 만들어 좌욕으로 하는 것까지 있다.

- 터키의 하맘^{증기욕}을 게스트룸에 들여놓은 곳도 있다. 몸에도 좋고 시간은
  걸리지만 상당히 좋다.

- 파일 밀도가 높은 수건이 많이 있으면 넉넉한 기분이 된다.

④ **침대 주변**

　침대는 대부분 길이 2미터 정도이므로 그것을 세로로 놓거나 가로로
놓거나 또는 그렇게 할 수밖에 없는 상황이 있다.

- 침대 너비는 900, 1,000, 1,050, 1,200, 1,400, 1,600, 1,800, 2,000밀리미터
  정도로 가지각색이다. 트윈인 경우 두 침대를 떼놓거나 붙이거나 또는
  침대 하나라도 크기에 따라 부르는 방식이 달라진다. 싱글, 할리우드, 트윈,
  스리쿼터, 퀸사이즈, 세미싱글, 더블, 킹사이즈 등.

- 또한 추가 침대를 가져다주거나 소파베드를 꺼내 침대로 하는 경우도 있다.

- 베드 스프레드^{침대 커버}가 줄어들었다. 블랭킷^{담요}을 싸는 컴포터, 깃털
  이불을 그대로 사용하는 뒤베^{duvet}. 턴다운 서비스^{잠자리에 들 수 있도록 베드}
  ^{스프레드를 벗기고 시트 일부를 접어 정돈하는 서비스}를 생략해 베드 스로^{bed throw}만 두는
  호텔도 늘어났다.

- 침대 옆 사이드 테이블도 바뀌었다. 조명과 공조 제어가 나이트 테이블이나
  나이트 컨트롤이라 해서 집약되었지만 대부분 무선으로 리모컨화되어
  필요가 없어졌다. 전화도 관내 연락용이나 휴대전화가 없는 손님을 위한
  것이다. 이제는 테이블 위에 그다지 놓여 있지 않다.

- 램프도 큰 도제 스탠드형은 모습을 감추고 독서 램프로 LED나 파이버가 많아졌다.

- 요즘은 침대가 높다. 650밀리미터나 700밀리미터까지 있다. 떨어지면 다칠 것 같고 올라갈 때도 '영차' 하게 된다. 게스트룸의 중심이 침대라지만 이런 경향은 어떤 뜻일까?

⑤ **거실 주변**

- 어느 나라든 텔레비전이 얇아졌다. 액정으로 벽걸이가 되거나 거울 안에 감추기도 해서 존재감이 없어졌다. 거대한 장갑(갑옷을 두른) 가구는 사라졌다.

- 반대로 용적이 줄지 않은 것은 냉장고이다. 미니바는 점점 충실해지고 장비나 미니 술병 등 비음료가 대단히 다양해졌다. 혹은 내용물이 전혀 없는 호텔도 있다. 비싼 음료에 손이 가는 경우가 별로 없으니 손님이 지참한 것을 냉장할 수 있게 하는 편이 친절하다는 뜻인 듯하다. 서랍식 냉장고도 있다.

- 커피 머신이나 찻주전자 등을 이용해 자기 취향대로 음료를 만드는 흐름도 그칠 줄 모른다. 얼마나 본격적인지를 겨룬다.

- 책상에서 느긋하게 편지를 쓰는 손님도 줄었다. 모바일, PC 등에 필요한 와이파이나 케이블을 요구하는 손님이 늘어났다. 프린터를 배달해주는 호텔도 있다. 모바일은 책상 앞에 반듯이 앉지 않아도 사용할 수 있으므로 책상은 모습을 감추고 커피 테이블이 조금 높아져 범용 테이블이 된 곳도 있다. 그렇게 하면 거기에서 룸서비스로 식사도 할 수 있다.

- 내가 관여했던 가와사키의 호텔 모리노 신유리가오카ホテルモリノ新百合ヶ丘에서는 한 방 걸러 거실을 창 쪽이 아니라 복도 쪽에 배치할 수 있는 방을 만들었다. 어느 정도 넓은 방이 아니면 이렇게 할 수 없지만 뜻밖에 복도 쪽 유형이

인기가 있다.

- 드레이프커튼는 전통적으로 실내 쪽에 베드 스프레드와 어울리는 호화로운
  직물로 해서 '태슬tassel 커튼을 묶기 위한 끈이나 술 장식'이나 '밸런스valence 커튼
  상부에 장식해 커튼레일을 가리고 빛이 새지 않게 거는 천'를 배치하거나 해서 창 주변을
  디자인하도록 요구되었지만 이것도 호텔 모리노 신유리가오카에서
  실내 쪽은 레이스 커튼으로 하고 유리 쪽은 깔끔하게 무늬 없는 차광
  커튼만으로 했다. 실내 쪽이 레이스라 부드러워지고 전체가 다소
  저렴해진다.

⑥ 발코니 주변

- 초고층 호텔에서는 안전성과 비용을 고려해 만들지 않는 곳이 있지만
  발코니의 유무로 격이 달라진다고 여겨지는 것도 틀림없다. 클라이언트가
  맨 처음에 설계자에게 전달하는 문서에 이것의 유무가 명시된다.
- 발코니가 있으면 외관이 호텔 특유의 '포쓰마도ボン窓 외벽에 독립적으로 서로 떨어져
  달린 창'에서 벗어나 '윤곽이 뚜렷'해진다. 숙박 실내로부터 두 방향으로
  피난을 요구하는 지역도 있지만 발코니가 연결되면 집합 주택처럼
  되어버린다.

현재 또는 가까운 장래에 게스트룸은 욕실, 거실 등의 구역으로 구별
짓기 어려울 만큼 혼연일체화되어 지금까지의 호텔은 향수로 남을 만큼
바뀌는 것이 아닐까 하는 예감이 있다.

욕실이 '녹아든다'는 것에 관하여.
오해가 없도록 말하자면 욕실의 형태가 명확하지 않게 되어간다는 뜻

이다. 뷰 배스라 해서 경치를 보기 위해 일부를 유리로 하거나 샤워만 두
거나 구획을 없애는 것까지 나타났다. 욕조는 '물을 채운 침대'가 되어간
다. 호텔다움이 바뀌는 것은 욕실에서부터인지도 모른다.

　이 현상은 세계적으로 일어난다.

　'녹아들었다'는 것은 욕실에 한해서가 아니다. 이것은 호텔이 숙박 시
설에서 다른 시설로 바뀌기 때문이라고도 하겠다. 호텔이 사무실 위에
놓이거나 병원을 개조하거나 하면서 그 모습에서 아이덴티티가 없어진
다. 안개처럼 사라져버릴지도 모른다.

오래된 두꺼운 성벽

Parador de Hondarribia
파라도르 데 온다리비아

스페인 / 온다리비아

Pza. de Amas, 14 20280 Hondarribia,
Guipúzcoa, Spain
tel. +34 943 64 5500
fax. +34 943 64 21 53
hondarribia@parador.es
www.paradores-spain.com

온다리비아Hondarribia는 스페인 쪽 바스크 지방의 비스케이Biscay 만에
면한 시가지로, 요트 항구 건너편 기슭은 프랑스이다. 6세기부터
내려온 역사가 있다.

10세기에 높지막한 언덕 위에 지어진 성채를 16세기에 카를로스
5세가 수복했고 더욱 개수해 지금은 파라도르*로 사용된다. 스페인
전국에 있는 파라도르 가운데서도 온다리비아가 인기 있는 것은
오래된 성이라도 음침한 기운의 느낌을 남기지 않고 훌륭하게 수복했기
때문일까? 광장에 면한 정면 입구는 돌쌓기가 압도적이다. 창이 거의
없는 큰 벽면이 압권이다.

반대편의 바다에 면한 이 방에는 창이 있지만 평면이 기묘한 형태로
되어 있다. 두꺼운 성벽의 개구부를 그대로 침실과 욕실 창으로
만들어놓아 재미있다. 돌을 쌓은 벽은 두께가 1미터 정도나 되고
평면이 끝으로 갈수록 좁아지는 '창실窓室'과 점차 넓어지는 '창실'
이 우연히 만들어졌다. 침실과 욕실은 새롭게 디자인해 오래된 성에
있음을 잊게 하는데 그 도려낸 창으로는 아름다운 요트 항구나 요트
돛대를 스치듯이 공항에서 이착륙하는 항공기가 아주 가까이 보인다.

리셉션 플로어 라운지는 안도 밖도 아닌 중정으로, 1천 년이나 된
낡은 벽을 올려다보며 유유자적할 수 있어 유쾌하다.

생각해보면 막 완성된 건축이나 인테리어에는 '시간'이 없다. 이곳의
중정과 로비는 새로운 것으로는 도저히 당해낼 수 없는 박력이
가득하다.

PARADORES

PARADOR DE HONDARRIBIA

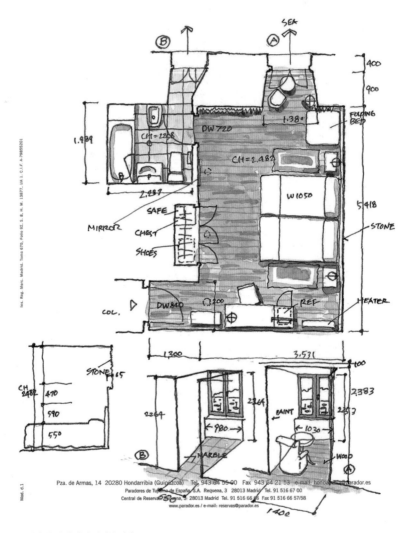

오래된 두 창에 맞춰 설계한 실내.

이 호텔의 주제는 '시간'이다.

그런 것을 생각하고 10세기와 16세기에 쌓은 돌벽을 보며

아침식사를 했다.

* 파라도르 parador
고성을 새로 단장하거나 명승지에 새롭게 지은
스페인의 반관반민 숙박 시설. 2007년 시점에
91개소가 있다.

에시레 버터

Hôtel Bourg Tibourg
오텔 부르 티부르
프랑스 / 파리

19 Rue du Bourg de Tibourg,
75004-Paris, France
tel. +33 1 42 78 47 39
fax. +33 1 40 29 07 00
hotel@bourgtibourg.com
bourgtibourg.com

특별히 자크 가르시아를 좋아하는 것은 아니지만 파리에 오면 그런 호텔을 고르고 만다.

이곳은 노트르담 사원과 그 주위의 관청 등에도 가까운 마레 지구.

오텔 코스테 시절에 생긴 '탐미형 호텔' 초기의 것으로 코스테와는 자매 호텔처럼 매우 닮았다. 섬유 회사가 소유주였던 적도 있어 전관이 상당히 강한 취향으로 뒤덮여 평가가 격렬하게 갈릴 듯하다.

입구에는 '19'라는 번지수가 크게 적혀 있다.

작은 호텔이라지만 정말 지극히 좁다. 엘리베이터는 225킬로그램

3인승이라는데 두 사람으로 꽉 찬다. 짐은 어떻게 올리는 것일까? 침대 주변도 측량해보니 400밀리미터에서 450밀리미터 정도이다. 욕조는 액자처럼 벽에 끼워넣어 몸을 누이면 일어나기가 어려울 정도이다. 세면기가 달린 페디스털형 세면대는 커서 사용하기 편하지만.

그런데 형편없이 어둡다. 램프는 전부 오텔 코스테처럼 붉은 갓과 술이 달린 것인데 책을 읽거나 편지를 쓸 만한 밝기는 아니다. 그런 불평 때문인지 옷장 안에 전기스탠드가 준비되어 있다.

어두운 빨강과 노랑 줄무늬가 많은, 고전적인 두꺼운 천으로 만들어진, 독특하고 음란한 이 세계는 모던한 현대 디자인도 포스트모던의 생존도 아니고 과거의 예술공예 운동에 가까운 것일까? 욕실은 검은 화강암과 진한 녹색 모자이크 타일. 바로 자크 가르시아의 세계.

결코 지지자가 많을 리는 없겠지만 파리 같은 시가지에서 나처럼 일부러 선택해 묵는 사람도 있다.

생루이Saint-Louis 섬에도 가깝고 여기저기 돌아다니면 정말 즐겁다. 호텔에서 가까운 큰길은 밤늦도록 젊은이들이 떠들썩하다. 남자들뿐인 바나 카페도 몇 집이나 있어 야릇한 광경. 이 주변은 그런 사람들이 모이는 곳이라고 한다.

아침답지 않은 인테리어의 지하 식당에서 아침식사를 한다. 음식은 맛있다. 버터가 에시레* 였다.

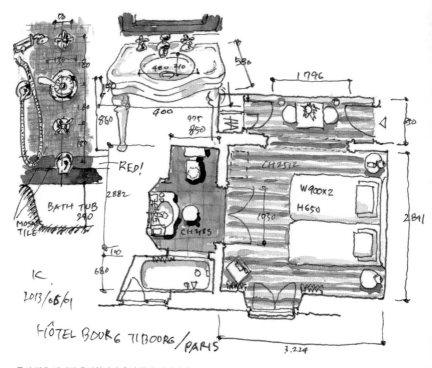

몹시 작은 방이라 음란함이 응축된 듯한 인테리어.

★ 에시레 Echiré

에시레 버터는 1894년에 탄생해 파리 만국
박람회에서 일등상을 받는 등 순식간에 높은
품질과 맛을 널리 인정받았다. 지금은 3성 셰프,
일류 파티시에에게 사랑받는 버터이다.

HÔTEL BOURG TIBOURG
19, RUE DU BOURG TIBOURG
75004 PARIS

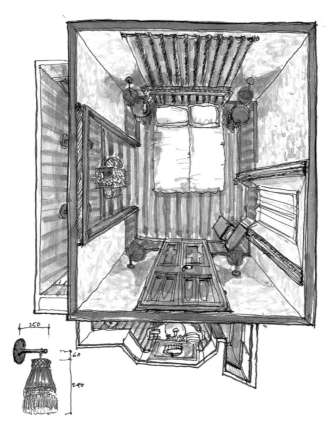

TEL 01 42 78 47 39 FAX 01 40 29 07 00 ◇ HOTEL@BOURGTIBOURG.COM

조감 스케치.

겨울 반딧불이

Lunuganga
루누강가

스리랑카 / 벤토타

Lunuganga Estate Dedduwa Bentota,
Sri Lanka
tel. +94 34 4287056
lunuganga@sltnet.lk
www.geoffreybawa.com
11월부터 4월까지 호텔 영업.
5월에서 10월까지는 원내 견학 가능.

겨울 반딧불이, 노래 제목 같은 정경과 마주쳤다.

스리랑카 서해안, 수도 콜롬보와 제2의 도시 갈레Galle 사이에
벤토타라는 마을이 있고 거기에서 조금 내륙으로 들어간 곳에
그 '낙원'이 있다.

그다지 알려지지 않았지만 제프리 바와Geoffrey Bawa라는 리조트호텔
설계의 신이라고도 불리는 사람의 작품을 언젠가 보고 싶다고
생각했다. 그러다가 허물없는 동료들과 함께 보러 다닐 기회를 얻었다.

제프리 바와는 2003년에 세상을 떠났지만 주옥같은 건축을 몇이나
남겼다.

젊은 시절에 호수로 튀어나온 반도 형태의 광대한 고무나무 재배지를
입수해 이후 50년에 걸쳐 계속 가꾸었다. '낙원'은 바와가 여생을 마친

큰 플루메리아(plumeria) 나무와 헤르메스 조각상.

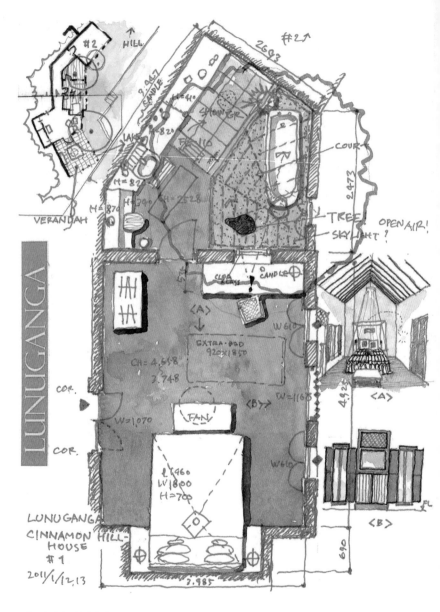

제프리 바와도 좋아한 방.

땅이 되어 그곳 언덕에 화장한 유골이 뿌려졌다. 그 '루누강가Lunuganga'가
계절 영업을 한다지만 호텔이 되어 제프리 바와 재단의 손으로
운영된다니 아무래도 묵지 않을 수 없다.

열대림에 둘러싸인 완만한 푸른 언덕이 남북으로 두 곳, 수면과 저지대
위에 있다. 현실 세계에서 동떨어진 정원에는 옛 건물을 새로 단장한
메인 하우스를 중심으로 게토 하우스, 글라스 룸, 가든 하우스, 아트
갤러리, 시나몬 힐 하우스 등의 빌라라고 할까, 저택풍 건물이 나무
그늘에 흩어져 있고 모두 의장이 달라 매우 흥미롭다.

오래된 것이 많이 박혀 있지만 참신하고 큰 흑백 바둑판무늬 바닥이
있다든지 북유럽 조명이 있다든지 많은 수집품이 인테리어 디자인과
미묘하게 조화를 이룬다. 그런데 전혀 낡지 않았다. 취향이 넘치는 개인
저택을 살짝 훔쳐보는 듯하지만 언뜻 독특한 취미도 엿보인다. 동행한
디자이너 I 씨는 '아름다운 퇴폐'라고 평했다. 과연 그렇다.

광대한 풍경에는 조각상과 잭프루트jackfruit 거목이 절묘하게 배치되고
호수 주변 저지대에는 논과 수련 연못이 펼쳐진다. 결국 어디를 잘라내도
'그림'이 된다. 자신의 '낙원'을 마음껏 계속 손보아 그곳에서 최후를
맞이하고 흙으로 돌아간다. 최고의 사치가 아닌가?

그 시나몬 힐 하우스에서 두 밤을 머물렀다. 메인 하우스에서 가장
떨어진 푸른 언덕 안쪽, 바와는 이곳을 가장 좋아했다고 한다.

숙박실이 2실 있지만 이곳은 바와에게 궁극의 '오두막집'이다. 그래도
모든 것이 있다. 바와는 메인 하우스에서 식사하고 나서 잔디처럼 짧게

풀을 벤 완만한 시나몬 힐을 걸어 이 '오두막집'까지 찾아와서는
사색에 잠겼음이 틀림없다.

베란다 쪽에서 들어간다. 유리는 어디에도 없고 덧문을 열면 바깥
공기. 높은 천장, 촛불의 빛. 단순한 욕실에는 무려 나무가……아니
나무라기보다 수목이 자라는 중정에 욕실이 놓여 있어 뜰과 별을 보며
더할 나위 없이 고아한 정취가 넘친다.

밤에는 바와도 잤다는 침대에 누웠다. 올빼미 울음소리가 들린다.
호저와 사향고양이도 뜰을 돌아다닐 것이다.

그때였다.

침대 튈* 바깥쪽에 반딧불이가 춤춘다. 꿈 같았다. 덧없이 점멸하는
빛의 움직임을 좇으니 어쩐지 바와 씨가 가까이 있어 이쪽을 보는 듯한
느낌이 들었다.

일본은 추운 1월이었다.

* 스리랑카
스리랑카 민주사회주의 공화국(Democratic Socialist
Republic of Sri Lanka). 인도 아대륙 남동쪽에 있는 눈물
모양의 섬나라. 면적은 홋카이도의 약 80퍼센트,
인구 약 2,045만 명, 이전에는 실론이라고 했다.
홍차, 보석 등을 산출한다. 포르투갈, 네덜란드,
영국 등에 통치된 역사가 있고 최근에는 내전이
있었다. 2004년 수마트라 대지진으로 해일의 피해를
입었다. 콜롬보와 갈레가 제1, 제2의 도시.

* 튈 tulle
베일 형태의 얇은 직물. 보기장처럼 사용한다.

OPEN AIR
BATH ROOM!

K.

욕실에 나무가 있는 것이 아니라 중정에 욕조가 있다.

웰컴 프루트

The Peninsula Beverly Hills
페닌슐라 베벌리힐스
미국 / 로스앤젤레스

9882 South Santa Monica Boulevard,
Beverly Hills, CA 90212, U.S.A.
tel. +1-310 551 2888
fax. +1-310 788 2319
pbh@peninsula.com
peninsula.com

베벌리힐스의 페닌슐라는 로스앤젤레스에 있는 여러 고급 호텔 중 하나이다.

로비 등 퍼블릭 스페이스는 고전적이지만 밝은 색채 계획으로 미국인 취향이다.

이 숙박실은 방 너비가 4,500밀리미터 가까이 되고 1,800밀리미터 침대를 세로로 놓아 발치 너머로 창밖을 바라볼 수 있다. 거실 주변도 넉넉하다. 욕실은 샤워 부스와 욕조가 나란히 있다.

웰컴 프루트가 잔뜩 있어 즐겁다.

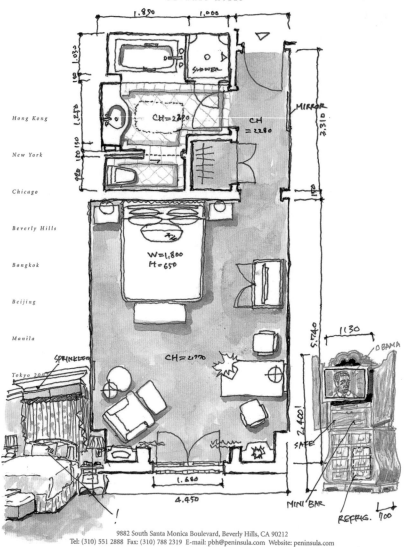

침대를 세로로 놓으니 발치에 창밖의 경치가.

콜로니얼의 향기

Amangalla
아만갈라

스리랑카 / 갈레

10 Church Street, Fort, Galle, Sri Lanka
tel. +94 91 2233388
fax. +94 91 2233355
amangalla@amanresorts.com
www.amanresorts.com

콜로니얼colonial이라는 말은 로마제국이 독일 쾰른Cologne을 식민지로
삼았던 것에서 유래하지만 대개 '좋은 호텔'로 주목받는 전통적인
호텔은 식민지라는, 그 고장으로서는 괴로운 시대에 만들어진 호텔이
많다. 틀림없이 서비스의 진수를 이해하게 되면서 널리 알려진 것이다.
특히 오리엔탈이라고 불리는 동방의 것은 식민지로서 지배당한 나라가
아니더라도 19세기에서 20세기 첫머리에 만들어진 것이다.

캔디Kandy의 퀸스 호텔Queen's Hotel 1849, 콜카타Kolkata의 그레이트
이스턴Great Eastern 1850, 싱가포르의 래플스Raffles 1887, 굿우드 파크
Goodwood Park 1906, 이스탄불의 페라 팰리스Pera Palace 1892, 홍콩의
페닌슐라Peninsula 1928, 호찌민의 마제스틱Majestic 1938 등 많이 있다.*

이 호텔은 인도양의 섬나라 스리랑카의 갈레, 성채 안에 있어

접수원의 스툴.

침대와 나란히 있는 욕조. 문은 화장실에만 있다.

1684년에 지배하던 네덜란드가 군 총사령부로 건설했다고 하니 꽤
오래되었다. 도쿠가와德川 5대 장군 쓰나요시綱吉 시절이다.

이 나라는 포르투갈, 네덜란드, 영국에 4백 년 이상 계속 지배를
받았고 1972년에 영국 연방 실론 자치령에서 독립해 국명을 바꾸었다.
성채 안의 구시가는 잘 남아 있어 세계유산이다.

1865년 뉴 오리엔탈 호텔New Oriental Hotel로 개업해 그 뒤 28실의
아만갈라가 되었다. 하얀 3층 건물. 상당히 품이 들어간 모양인데 입구
좌우의 개방형 베란다나 식당 등은 가구도 골동품을 모아 옛날의
모습을 방불케 한다.

베란다는 물론, 로비도 개방형. 뜨겁고 건조한 공기를 천장 팬이
나른하게 돌아가며 미풍으로 바꾸어 달콤한 향수와 꽃, 코코넛, 카레
향기가 섞인다. 스튜어드는 사롱sarong*을 허리에 걸치고 맨발에 샌들
차림이다. 어느새 2백 년쯤 시간 여행을 한 듯한 착각을 느낀다. 때때로
호텔 앞 처치 스트리트Church street를 흰색 교복을 입은 여학생들이
떠들며 오가고 삼륜차가 요란한 소리를 울리며 다니는 바람에 현대로
되돌아온다.

안쪽에 있는 정원은 완전히 현대 디자인으로, 디자이너는 케리 힐*.
그리 넓지 않은 수영장에 큰 수목이 녹음을 드리우고 풀사이드의
분리된 칸에서 낮잠을 즐길 수 있다.

아내들이 아유르베다*에 나간 사이에 잠깐 수영하고 나서
수채 물감으로 스케치. 기척을 느껴 뒤를 돌아보니 종업원 관중에

둘러싸였다.

전면 도로에 면한 천장 높이 5미터가 넘는 2층의 숙박실은 길이도
약 13미터로 정말 길다. 반드시 휴대하는 레이저 거리계가 유용하다.
바닥 높이가 달라지는 곳도 있다. 커튼은 없고 실내 쪽에 접이문.
큰 창은 세로축 회전.

침대와 나란히 프리스탠딩 욕조가 개방되어 놓였고 놀랍게도 욕실은
없다! 샤워실에도 문이 없어서 신혼에 적합하다 할까 커플에 적합하다
할까? 노인에게 알맞다고 하기는 어렵다.

집사가 방을 자세히 설명하고 촛불을 켜는 '의식'을 하며 언제든
무엇이든 분부해달라는 메모를 남기고 간다. 실측에 평소보다 시간이
걸렸다. 이제 차가운 음료라도 마시며 동인도 회사의 잔상을 찾아
산책하러 가볼까?

아유보완안녕하세요 하면서…….

* 호텔 준공 연도 출전
Great Oriental Hotels

* 사롱 sarong
랩스커트.

* 켈리 힐 Kelly Hill(1943~)
오스트리아 출신 건축가. 그 활동은 아시아 아만
계열 호텔을 중심으로 넓은 범위에 이른다.

* 아유르베다 ayurveda
인도 아대륙에서 발상한 의학. 아유(생명)와
베다(지식학)의 복합어. 머리의 정화, 오일 마사지
등을 포함한다.

풀사이드의 휴식 공간.

도심에서 놀기

With the Style

윗 더 스타일

일본 / 후쿠오카

1-9-18 Hakataeki-Minami, Hakata-ku,
Fukuoka City, Fukuoka, Japan
tel. +81-92-433-3900
fax. +81-92-433-3940
www.withthestyle.com

일본 호텔도 물론 실측하고 있지만 원칙적으로 이 책에 수록하지 않는 것은 여러 가지로 지장이 있기 때문이다.

그래도 이 호텔만은 소개하고 싶다. 그것은 게스트룸이 '녹아들어간다'는 자신의 주장을 상징하는 듯한 곳이기 때문이다. 이곳은 욕실의 절반 정도가 녹아들어 이미 방이 아니게 되었다.

고사카 류* 씨의 디자인.

사람이 태어난 그대로의 모습이 되어 물과 장난하다 잠이 든다. 물과 잠……이것이 앞으로 호텔의 키워드일지도 모른다.

그런데 이것은 후쿠오카라서 가능한지도 모르지만 내부도 외부도 없이 어느샌가 갑판에 있는 듯한 이상한 공간감을 체험할 수도 있다.

뭐랄까, 욕실과 침대 구역, 갑판이라는 실내외의 영역이 모호해진다.

시선 축에 따른 방의 배치 역시 도심에 있는데도 완전히 리조트호텔의 그것이다. 욕실에서의 시선이 침대나 갑판을 넘어 창밖 중정에 닿는다.

머릿속은 어느덧 여태까지의 호텔이라는 기성의 것에서 해방되어 지금까지와 다른 자극을 얻는다.

앞으로의 게스트룸을 암시한다고 생각하지만…….

* 고사카 류 小坂竜

1960년 1월 인테리어 디자이너. 도쿄의 공동사, 가나.....
A. N. D. 주석 크리에이티브 디렉터

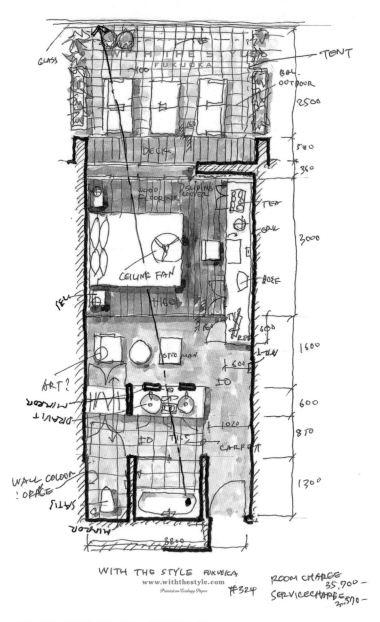

WITH THE STYLE FUKUOKA
www.withthestyle.com
Printed on Ecology Paper
₩324

ROOM CHARGE
35.700-
SERVICE CHARGE
3,570-

윗 더 스타일. 도심인데 시선 축이 있는 '어번 리조트호텔'.

산속의 거품 목욕

Aparthotel Búbal
아파트호텔 부발

스페인 / 비에스카스

Km11, Carretera A-136 de Biescas a la
frontera francesa 22662, Spain
tel. +34 627 50 61 36
fax. +34 974 48 77 15
info@aparthotelbubal.com
www.aparthotelbubal.com

서유럽에는 휴가를 길게 잡는 관습이 있으므로 리조트지에
온 가족이 장기 체류할 수 있는 시설이 많다. 일본에서는 어디나
당일치기가 가능하므로 그런 종류의 호텔이 성립하기 어렵다고
생각되지만.

장기간 머물면 요리를 하고 싶어진다. 부엌이 딸려 있고 냄비나 솥도
커틀러리cutlery도 식칼도 빌려주므로 식자재만 갖추면 된다. 놀이의
거점으로서 설비도 여흥도 장소도 알차다. 그런 시설은 주택이나
콘도미니엄 같아서 호텔답지는 않다.

스페인의 깊은 산속 아라곤 계곡, 피레네 산맥에 둘러싸인
리조트지의 이런 호텔에 투숙해보았다. 표고는 1,500미터 정도로
스키장도 가깝다. 여름에는 트래킹의 거점도 된다. 성수기가 아닌 늦은
봄이라서인지 다른 손님의 모습이 보이지 않았지만.

차를 방 입구 앞에 주차할 수 있는 모텔 스타일. 방은 복층형. 1층은
거실, 식당, 부엌과 작은 침실이 하나, 2층은 약간 넓은 더블베드가
있는 주침실과 욕실이 있어 둥글고 큰 거품 목욕 욕조가 들어 있다.
이 거품 목욕이 즐거움이라는 손님도 있을 법하다. 어느 방이나 청결해
기분이 좋다.

바깥에는 객실 전용 테라스와 건물에 둘러싸인 정원 중앙의 수영장.
아이들의 환호성이 들리는 듯하다. 산에는 리조트도 보인다.

눈이 남아 있는 높은 산이 지켜보는 24유닛. 로비가 있는 중앙동만
높고 뾰족한 지붕. 객실동의 처마는 차가 들어오므로 깊고, 도머 창이

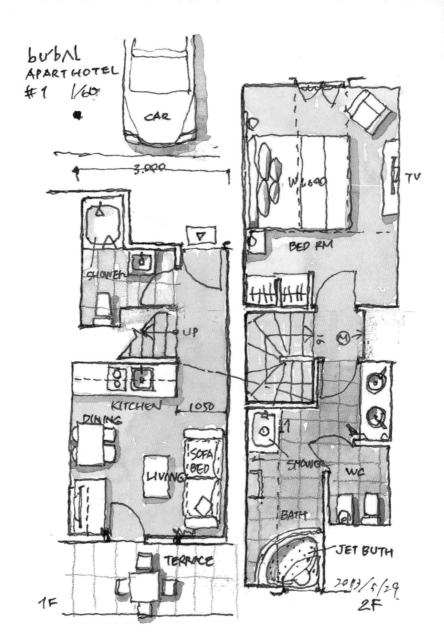

왼쪽이 1층, 오른쪽이 2층 평면.

죽 이어진다.

관리하는 청년의 말을 따르면 이곳의 호수는 낚시 허가증이 필요 없다고 한다. 큰 송어를 낚았다는 인조 미끼까지 보여주니 도전할 수밖에 없지 않은가. 그래서 근처에서 낚싯대를 흔들어보았지만……

국민 총행복

Uma Paro
우마 파로
부탄 / 파로

PO Box 222, Paro, Bhutan
tel. +975 8 271597
fax. +975 8 271513
res.uma.bhutan@comohotels.com
www.comohotels.com/umaparo

도초. 달군 돌이 굴러 나와 물을 데운다!

부탄 왕국에 오랜만에 다녀왔다.

국토 면적은 규슈九州 정도의 크기이지만 인도와 중국에 접하며
히말라야에 둘러싸인 북쪽은 표고가 높다. 젊은 국왕 부부가 일본을
방문했을 때 이곳을 향한 관심이 생겨났고, 약간 붐이 일어 '국민
총행복량GNH'이라는 생각에 공감한 사람도 적지 않을 것이다.

그러나 이번에 가보니 상당히 변해서 놀랐다. 보존과 개발의 균형을
고민하는 것이 느껴진다. 대도시 근교의 주택 개발, 댐 건설, 자동차
증가에 따라가지 못하는 도로 건설과 복구, 길가의 직영 매점 증가,
휴대전화의 폭발적 보급, 민족의상 차림의 감소 등.

"부탄, 너마저!"라고 외치고 싶을 만큼 우리가 과거에 혹은 지금
통과하는 괴로운 길을 걷기 시작했음을 알아버려 참으로 딱하다.

그래도 산천의 대자연은 굉장하다. '땅을 일구며 천국에 이른다'라고
하는 것처럼 계단식 논이 거대한 골짜기와 산을 뒤덮어 아름답다.
이곳에 있으면 인간이 자연의 일부이며 편리함이 반드시 쾌적지는
않음을 잘 알 수 있다.

인간 척도의 세계와 그렇지 않은 세계의 조화를 모색하는
우리로서는 이 나라의 앞날에 매우 관심이 간다. 응원하고 싶어진다.

태평하게 도로에 누워 있는 소나 개를 피하면서 주행하는 여정이
이어졌다.

여행의 끝 무렵 국제공항에 있는 파로 호텔, 우마 파로에 투숙했다.
전통적인 종* 을 모티프로 한 건물 디자인. 2004년에 새로 단장할

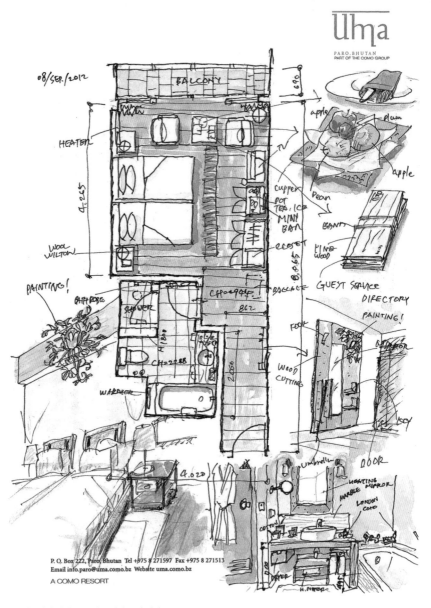

정통적인 실내. 들보에 그림이 그려 있다.

때에 바뀐 것으로 생각되지만 민가 등에 쓰였던 두꺼운 바닥재가
로비 곳곳에 다시 쓰였다. 온천과 체육관도 충실해서 별채의 핫스톤
배스하우스에서는 돌을 달구어 물에 넣어 탕을 덥히는 형식의 욕조인
'도초dhotsho'도 있다. 다이닝룸의 요리도 상당하다. 아홉 채가 있는
산장풍 빌라에 느긋하게 머물며 이것들을 만끽하고 싶다.

게스트룸의 의장은 첨단은 아니지만 어른의 디자인. 마음에 거슬릴
만한 것이 아무것도 없어 안심하게 된다. 약한 전력 사정이나 급수
사정도 해결해 그동안의 스트레스를 잊게 해주었다. 일본에서 1, 2위를
다투는 충실한 설비에 비교해도 전혀 손색없고 욕실은 샤워룸이 있는
4개 1조. 수건 보온기나 거울의 흐림 방지가 갖추어져 고맙다.

아침에 발코니에서 파로 계곡을 눈 아래로 바라본다. 실로
환상적이다. 구름이 골짜기를 둘러싸고 산을 오르며 거세게 흘러간다.

마치 이 나라의 상징인 용이 뛰어다니는 듯하다. 옛날 사람들이
대자연에 느낀 경외를 잘 알 것 같다.

그러면 오늘도 험한 길과 싸워볼까?

＊종 dzong
　부탄 각지에 있는 대건축, 성채, 사원, 현사. 기본
　구조는 민가와 다르지 않은 판축.

아침의 파로 계곡. 용이 뛰어다니는 듯한 구름의 움직임.

PARO
09/09/2012

별장 감각

Club Villa
클럽 빌라

스리랑카 / 벤토타

138 / 15 Galle Rd. Bentota, Sri Ranka
tel. +94 34 227 5312
fax. +94 34 428 7129
clubvilla@sltnet.lk
www.club-villa.com

제프리 바와는 오래된 집을 사들여 친구들을 위한 처소를 만들었다.
1980년의 일이다. 벤토타는 루누강가에서도 가까워 바와 자신도
별장으로 이용했다.

그 9년 뒤에 클럽 빌라와 더 빌라 현재 콜롬보의 인테리어숍 파라다이스 로드에서
경영로 나뉘었는데 지금은 양쪽 다 작은 호텔처럼 되었다. 넓은 잔디밭
저편에는 이따금 열차가 달리고 그 너머의 바닷가와도 가깝다. 방이
몇 개 안 되는데 내가 묵은 방은 2층으로 되어 있다. 바깥에 코트
형태의 방 같은 뜰도 있어서 더 넓게 느껴진다. 바와가 디자인한 검은
쇠로 된 줄무늬 정원용 의자에 앉으니 어느새 자기 별장에 온 듯한
감각에 빠진다.

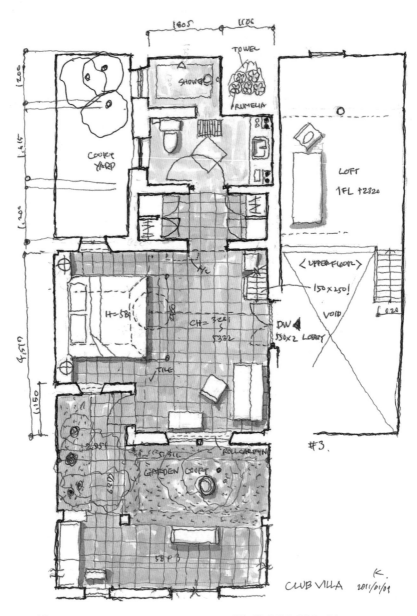

코트하우스(court house: 건물이나 담으로 둘러싸인 중정이 있는 주택)처럼 안뜰이 있다. 위층은 거실.

CLUB VILLA

❧

225

긴 파도

Hotel De Londres
호텔 론드레스

스페인 / 산세바스티안

Zubieta 2, 20007 San Sebastián
(Guipúzcoa), Spain
tel. +34 943 44 07 70
fax. +34 943 44 04 91
reservas@hlondres.com
www.hlondres.com

스페인 북쪽 해안에 있는 산세바스티안은 프랑스 국경에도 가까운 휴양지.

인구 18만. 순례의 상징 같은 부채꼴 형상의 해안은 콘차Concha 가리비 만이라 불린다. 전망이 좋은 곳의 산꼭대기에 오르니 시가지와 바다를 한눈에 바라볼 수 있어 거리의 구조를 머리에 담는다.

라파엘 모네오*가 설계한 오페라하우스도 있다. '세계 최고의 레스토랑'에 뽑힌 무가리츠Mugaritz도 이곳에 있다.

깨끗한 원호를 그리는 흰 모래사장, 바다 밑바닥도 일정한 깊이인지 놀랍게도 파도가 한결같이 한 줄로 일어나 밀려온다!

이 해안의 풍경을 어디선가 본 적이 있다고 생각해보니 남프랑스의
니스였다. 길도 그 프롬나드 데 장글레Promenade des Anglais와 똑 닮았다.
중심이 되는 호텔도 매우 비슷하다. 귀퉁이의 둥근 지붕이나 객실
발코니 난간 디자인까지.

그래도 바닷가를 잘 보면 얕잡아볼 만큼 단순한 흉내가 아니라
대서양 연안에 자리잡은 이쪽이 더 생활에 밀착되어 있음을
알 수 있다.

토요일 밤 9시경. 해가 아직 높아서인지 그 길에 모든 주민이
몰려나온 것은 아닌가 싶을 정도로 많은 사람이 일광욕을 하며 다닌다.
바스크 베레를 쓴 노인이 부인과 손잡고 느긋하게 거니는 커플 등이
있어 흐뭇하다.

거리의 한 구획은 바르bar로 번화하다. 카나페를 크게 만든 듯한
꼬챙이에 꿴 핀초pincho라는 핑거 푸드를 주문하고 와인과 맥주 등
술을 마시며 술집을 순례한다. 이것이 엄청나게 맛있다. 정어리, 생햄,
치즈, 참치, 새우, 푸른 고추, 파프리카, 아티초크, 올리브 등을 작은
빵에 얹어 포크 따위 쓰지 않고 와인이나 맥주에 흘려 넣으며 서서
마시는 사람들이 도로까지 넘쳐흘러 소란스럽다. 우리도 어느덧
5차까지 술집을 순례하고 말았다.

서서 마실 수 있도록 높이 1,200밀리미터쯤에 안길이가 짧은
카운터가 술집 외벽에 둘러 있다. 일본인으로서는 저항감이 들지만

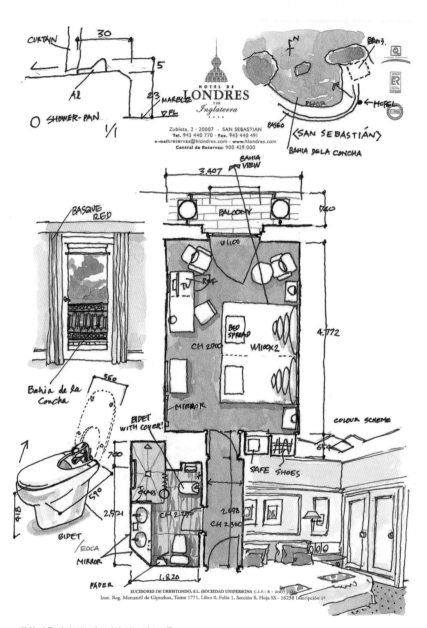

콘차 만을 바라보는 발코니가 있는 게스트룸.

종이 냅킨 등은 그냥 바닥에 버린다.

호텔 방은 우아하다. 밝고 고전적이다. 베이지색 벽, 작은 발코니로 나갈 수 있는, 바닥까지 오는 큰 프랑스 유리창, 침대는 할리우드 트윈. 욕조는 없어도 비데가 있어 지방색이 느껴지는데 비데에는 뚜껑이 달려 있다. 샤워 팬은 23밀리미터 정도 바닥에서 높여 중앙을 약간 움푹 들어가게 했고 둘레에 알루미늄 문지방 같은 것이 붙어 있을 뿐인데 샤워 커튼 위치가 좋은지 물이 넘치지 않는다. 오버헤드 샤워도 그리 물보라가 퍼지지 않는다. 잘되어 있다.

아침에 발코니에 서니 눈 아래로 에메랄드그린의 아름다운 바다와 모래사장이 보인다. 바닷가를 따라 있는 산책길을 밤새도록 시끄럽던 젊은이들이 걸어가는데 술에 취해 갈지자걸음이다. 어제와 마찬가지로 콘차 해변에 긴 파도가 둥글게 한 줄로 밀려온다. 모래사장에는 개가 구김살 없이 뛰논다.

조금 춥지만 오늘은 활짝 갤 것이다.

* 라파엘 모네오 Jose Rafael Moneo Vallés(1937~)
스페인 건축가. 1996년에 프리츠커상 수상.

더없는 포돗빛 행복

Les Sources de Caudalie

레 수르스 드 코달리

프랑스 / 보르도

Chemin de Smith Haut Lafitte 33650
Bordeaux-Martillac, France
tel. +33 5 57 83 83 83
fax. +33 5 57 83 83 84
sources@sources-caudalie.com
www.sources-caudalie.com

보르도의 거리 생테밀리옹Saint-Émilion.

세계유산답게 어디나 아름다웠다. 낡은 벌꿀색 건물, 마모된 포석. 공교롭게도 비가 왔지만 그것도 운치가 있어 좋았다. 와인 가게에 일본 택배업체가 들어와 있길래 그만 와인을 사버린다.

코달리는 거기에서 잠시 가면 나오는 광대한 포도밭 한가운데 호화로운 작은 호텔. 객실 40실, 스위트룸 9개, 코티지 다섯 채에 스파 건물. 프랑스의 화장품 회사, 코달리의 앨리스 & 제롬 투르비에Alice and Jérôme Tourbier가 1991년부터 소유한 녹색의 낙원.

렌터카에 내비게이션을 탑재해 어떻게든 도착할 수는 있었지만 미슐랭 지도만 보고 찾아오기는 어려울 것 같다. 그만큼 보르도의 포도밭은 넓고 표지도 아무것도 없다. 5월 말이었지만 한없이 펼쳐진 포도나무는 모두 높이 1미터 이하여서 분재가 끝없이 늘어선 듯한 광경이었다.

몇 채인가 건물이 넓은 대지 여기저기에 보일 듯 말 듯하다. 붉은 기와지붕. 모두 팀버timber 건물로, 침목 같은 낡은 자재를 호쾌하게 사용했고 아름다운 마을 속을 헤매는 기분이 든다. 방은 1층 프레스티지형. 프랑스 창* 이 달려 바로 정원에 나갈 수 있다. 눈앞은 녹색으로 둘러싸인 조용한 연못. 오리만 물을 가르며 나아간다. 모던한 철 조각이 정원에 서 있고 정원 저편은 포도밭이 펼쳐진다.

방도 오래된 나무 바닥재와 골동품 가구에 둘러싸여 시골의 안락함을 자아낸다. 옷장 문이 드물게 보는 철망과 널빤지의 조합이다.

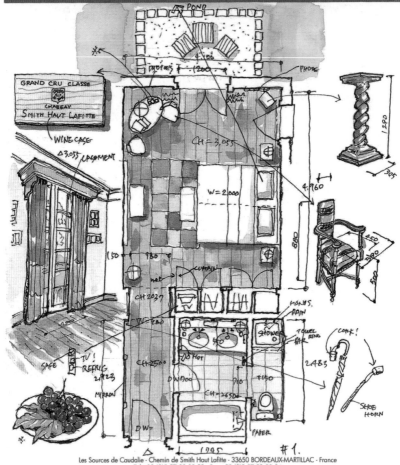

Les Sources de Caudalie · Chemin de Smith Haut Lafitte · 33650 BORDEAUX-MARTILLAC · France
Tél : 33 (0)5 57 83 83 83 · Fax : 33 (0)5 57 83 83 84
www.sources-caudalie.com · sources@sources-caudalie.com
SAS au capital de 40 000 € · RCS Bordeaux · SIRET 480 358 332 00017 · APE 5510 Z · N° TVA FR 37 480 358 332

골동품 가구를 솜씨 좋게 조화시켰다. 1층이라 정원에 바로 나갈 수 있다.

드레이프와 바닥에 깐 카펫 색의 패치워크가 통일되어 멋지다. 벽과 천장은 절제된 달걀색 디자인. 텔레비전이 옷장에 수납되어 실내가 차분하다. 얇아졌다고는 해도 그것이 떡 버티고 있으면 이질적이다.

욕실은 우아하다. 다리가 달린 프리스탠딩 욕조인 방도 있다. 욕실 카운터에는 트레이 대신 불도장이 남아 있는 와인 나무 상자를 사용했고 우산과 구둣주걱에는 코르크 마개가 달려 빙긋 웃음 짓게 한다. 비품은 당연히 코달리사 제품.

저녁식사에는 붉은 와인. 이곳 샤토 스미스 오 라피트Château Smith Haut Lafitte의 1998년산으로 훌륭했다. 요리도 맛있어서 그만 칼로리 제한 따위 잊어버린다. 조심해야 한다. "일 년에 한 번은 오고 싶은 곳이네"라고 이야기하는 노부부가 있었다.

다음날 아침, 다소 떨어진 거리에 있는 와이너리를 보고 싶었지만 투어를 예약하지 않아서 외관을 볼 뿐이다. 와인도 살 수 있다. 호텔에 온천이 있어 그것을 포함한 2일 코스도 있다.

1박만 하겠다는 손님은 없다. 이 지극한 행복을 맛보려면 최소 3일은 잡아야 한다.

＊프랑스 창
개구가 바닥까지 와서 사람이 드나들 수 있는 유리 문.

팀버 건물이 몇 채나 있다.

Les Sources de Caudalie
13/07/22 IC.

축제 자부심

Gran Hotel La Perla
그란 호텔 라 페를라
스페인 / 팜플로나

Plaza del Castillo 1, Pamplona, Navarra,
31001, Spain
tel. +34 948 223 000
informacion@granhotellaperla.com
www.granhotellaperla.com

스페인의 고급 와인 산지, 리오하Rioja에서 산티아고 칼라트라바*가 설계한 와이너리 건축 '이시오스Ysios 2001'를 보았다.

배경이 되는 산 덩어리 앞 와인 농장 중앙에 긴 구조물이 듬직하게 자리잡아 압권이다. 지붕 면에 적층 목재 들보를 차례로 비키면서 걸쳐놓아 연속적으로 만들어낸 '원추형 곡면*'이 물결치듯이 보여 실로 아름답다. 들보가 놓인 좌우 벽 콘크리트도 물결치는 평면과 입면. 내부는 촬영이 금지되지만 집성재 들보가 굽이치는 형상이 흥미롭다. 이렇게 직접적인 구조주의도 명쾌해서 좋다.

제조 과정을 견학하고 천장이 높아 기분좋은 중앙의 방에서 와인을 시음하니 그만 홀딱 빠져버려 네 병이나 사고 말았다.

스페인의 대평원을 지나 팜플로나로 향한다. 큰 도시이다.

'소몰이'가 아니라 시내에서 질주하는 소에게 사람이 쫓기는 산페르민 축제Fiesta de San Fermín를 어니스트 헤밍웨이가 『태양은 다시 떠오른다』에서 자세히 설명해 아주 유명해졌다. 도심에서 "소가 여기도 달리나?"라고 물으니 "맞다. 이곳을 지나간다"라며 사람들이 자랑스럽게 가슴을 내민다.

시내 중심의 플라자 델 카스티요Plaza del Castillo에 면한 이 호텔에도 헤밍웨이가 머물렀다.

차가 좀처럼 호텔에 진입하지 못해서 호텔 리셉션의 여성을 불러와 대신 운전을 부탁했다. 놀랍게도 광장의 볼라드bollard 차량 진입 방지용 말뚝에 전화를 달아놓아 광장에 출입하게 되어 있다. 알 수 없는 일이다.

방은 완전히 새로 단장한 직후이다. 대단히 길다. 바닥도 벽도 전부

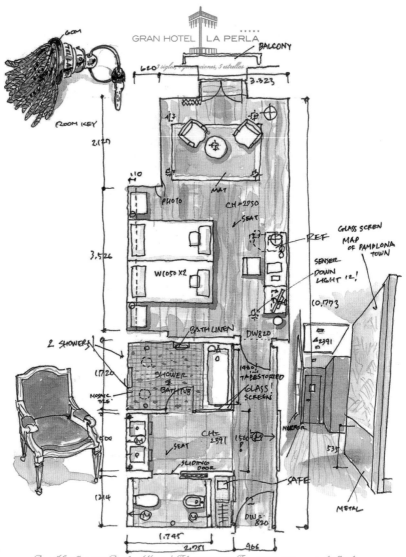

GRAN HOTEL LA PERLA

3 siglos, 4 generaciones, 5 estrellas

Pza. del Castillo, 1, 31001 Pamplona (Navarra) Tel. + 34 948 223 000 Fax. + 34 948 222 324 www.granhotellaperla.com

2인실에는 샤워도 두 개.

시트를 붙였는데 의자 세 개만 고전적이다.

욕실이 광대하다. 샤워기 두 개가 마주보고 있으니 무려 두 사람이 함께 사용할 수 있다! 욕조는 팜플로나 거리 지도를 태피스트리로 만든 유리 스크린에 둘러싸여 안이 살짝 보인다.

이것도 욕조가 '녹아든다'는 흐름의 하나인가? 넓은 욕실에 비해 옷장은 작아서 균형이 맞지 않는다. 조명은 대부분 인체 감지 센서로 켜고 끈다.

가까이 있는 미슐랭 별 하나 레스토랑 호텔 에우로파Hotel Europa에서 저녁식사를 했는데 기대를 저버리지 않았다.

헤밍웨이가 묵었던 201호실은 쇼룸. 다소 여성적인 듯한 분홍색 인테리어. 이런 방에 그 문호가 머물렀던 것인가?

소설에도 빈번히 등장하는 광장 근처의 카페 이루냐Café Iruña를 들여다본다. 고전적이고 느낌이 있어 제법 괜찮은 곳이다.

* 산티아고 칼라트라바 Santiago Calatrava Valls(1951~)
스페인 발렌시아 출신 건축가. 작품으로 알라메다
다리(Alameda Bridge, 1995), 밀위키 미술관 신관
(Milwaukee Art Museum, 2001), 아테네 올림픽 스포츠
콤플렉스(2004) 등.

* 원추형 곡면
직선을 차례로 조금씩 비키는 방식으로 형성할
수 있는 곡면.

모스그린과 세피아

Silken Gran Havana Barcelona
실켄 그란 하바나 바르셀로나

스페인 / 바르셀로나

Gran Via Corts Catalanas, 647 Barcelona,
08010, Spain
tel. +34 933 417 000
fax. +34 933 417 001
www.hoteles-silken.com

바르셀로나에는 큰 호텔이 많다.

이 호텔은 실켄의 체인. 넓은 그란비아 거리에 면하고 만다린

오리엔탈Mandarin Oriental도 가깝다.

19세기의 낡은 건물을 20세기에 리뉴얼했다. 외관은 훌륭하다.

한가운데에 일그러진 곡선 통층 구조가 있고 그 옥상에는 누에고치

형태의 유리 지붕이 있다. 이곳은 빌바오에 있는 실켄과 매우 비슷하다.

어쨌든 숙박실 천장이 높다. 3미터가 넘는다. 새로 단장하면서

시트가 많아졌지만 고급스럽고 색채 계획은 차분한 모스그린이나

세피아 바닥, 사문암* 욕실, 검은 의자 커버 등으로 세련된 분위기.

이 색채 계획이 상당히 훌륭하다.

조금 거리는 있지만 입지가 좋은 편이라 람블라스Ramblas 거리나

사그라다 파밀리아까지 걸어서 갈 수 있다.

사그라다 파밀리아는 물론 미완성이지만 이전과 비교해 무척 공사가

진행되어 밝은 '신랑身廊 기독교 건축의 부분 명칭으로 입구에서 제단으로 향하는 중앙

통로에서 익랑에 이르기까지의 부분'이 대부분 완성되었다. 이것이 가우디가

추구한 공간일까 하고 생각하면서 희고 높은 천장을 올려다본다.

평일에도 엄청난 수의 관광객이 입장권을 사기 위해 긴 줄을 만든다.

가우디 덕분이다. 여하튼 공사중인 건물인데도 세계유산이니까.

바르셀로네타Barceloneta 근처의 레스토랑에서 큰 파에야를 먹고

다음날은 대성당에서 가까운 시장 앞 카페에서 저녁식사를.

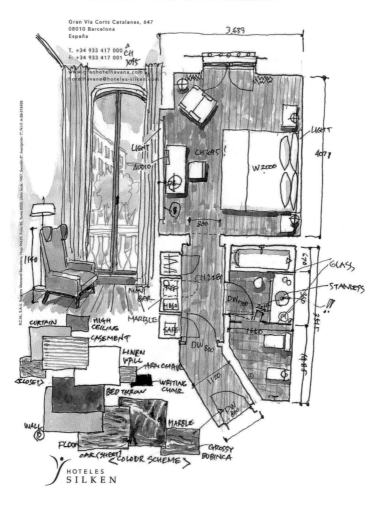

****SILKEN GRAN HAVANA BARCELONA

Gran Via Corts Catalanes, 647
08010 Barcelona
España

T. +34 933 417 000
F. +34 933 417 001
www.granhotelhavana.com
hotelhavana@hoteles-silken.com

차분한 색채 계획.

* 사문암 蛇紋岩
  표면에 뱀 같은 무늬가 보이는 암석.

여행의 끝

The Village Lodge
빌리지 로지

부탄 / 파로

Tshendona, Paro, Bhutan
tel. +975 8 272340 & 272349
mobile. +975-17170338
info@visitbhutan.com
www.visitbhutan.com

부탄 국제공항이 있는 파로.

이 호텔은 부탄의 여행사에서 경영하며 여행객에게 좋은 인상을
주도록 여행 마지막 날에 묵게 한다고 들었다.

건물이 멀리 보이는 논 앞에 차가 멈추어 논두렁길을 끝없이 걷게
하는 진입로. "엣, 저기가 오늘의 숙소?"라고 가벼운 놀라움을 품는
동시에 조금 불안해진다.

돌을 쌓고 흙으로 바른 담. 부탄 레드의 대문. 작은 앞뜰. 건물은
3층. 흙색 노출 콘크리트에 전통적인 창 주변 장식을 나무로 설비한
외관인데 겉보기로는 이웃의 민가와 거의 같다. 전체 9실인 작은 로지.

훌륭한 간판 따위 없다. 입구도 보통 나무문뿐이다. 넓은 로비는
없고 불단이 있는 거실 같은 라운지로 통한다.

오래된 두꺼운 마루청. 마치 주택 같다. 그래도 민박이라는 느낌은
아니고 작지만 호텔이다. 사무실에는 책상 하나에 휴대전화가 놓여
있을 뿐이다. 프런트 카운터도 인쇄물도 아무것도 없다. 민족의상
'키라kira'를 입은 여성이 혼자 수줍어하며 생글생글한다.

숙박실은 어느 방이나 두 면에 창이 있다. 오래된 전통적 의장.
여기저기가 실로 멋지다. 규모감도 좋고 썰렁하지 않으며 따뜻함이
있다. 디자인에서 부탄에 대한 이해와 애정을 느낀다.

욕실은 뭐랄까 훌륭하다. 최신 기구, 수도꼭지를 사용해 안심된다.
바닥 난방이며 기구들이 절묘하게 배치되었다. 마음에 든 것은 배수구.
그레이팅grating 배수구 뚜껑 등의 격자 모양 물질 따위 촌스러운 것을 사용하지

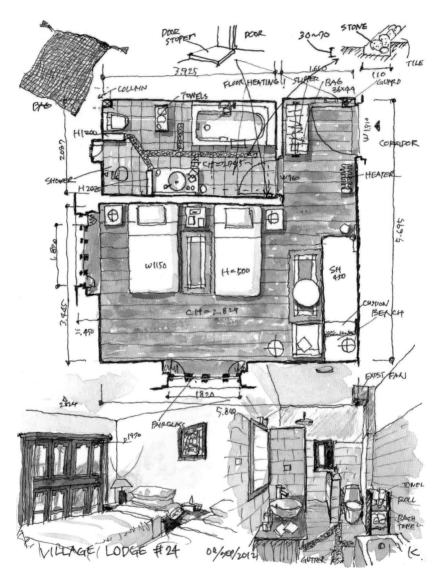

VILLAGE LODGE #24　　02/SEP/2012

어느 방이나 두 면에 창이 있다. 매우 소박. 욕실 기구는 최신.

않고 너비가 있는 수채에 강가의 둥근 돌을 많이 넣었을 뿐이다.
능숙하게 자연을 가져왔다.

　이런 것은 건물의 외부 구조에도 있었다. 여닫이문 나무 손잡이가 벽에
부딪치지 않도록 바닥에 판이 놓여 있다.

　각층을 탐험하며 아마 이렇겠지 생각해 평면을 뽑아냈다. 가로세로
6미터 방이 네 개 모인 밭 전田 자 평면에 2.5미터 너비의 속복도와 계단.

　1층 라운지도 다이닝룸도 부엌도 객실과 같은 크기라는 단순함.
9실이므로 이렇게 할 수 있다. 바만 별채이다.

　다이닝룸의 요리 내용도 기대를 저버리지 않는다. 이제까지 지방의
현지 요리는 맛없지는 않았지만 재료 맛밖에 없었던 것 같다. 그래도
이곳에는 음미할 '맛'이 있다.

　전원의 한가운데, 벼 이삭을 스치는 바람을 피부로 느끼며 좋은
기분으로 스케치한다. 부탄이 보존과 개발의 균형을 고심하는 중이라고
쓴 적이 있는데 아직 포기한 것은 아니라고 여행의 마지막에 와서
생각하게 되었다. 게다가 여기에는 호텔 서비스의 원형이 있고 장삿속
같은 것이 없다.

　내일이면 귀로에 올라야 하는 날에 굿바이 역전 홈런.

　노린 바대로 빠져들었으니 여행사의 계획은 대성공이었다.

빌리지 로지. 왼쪽이 호텔, 오른쪽이 민가.

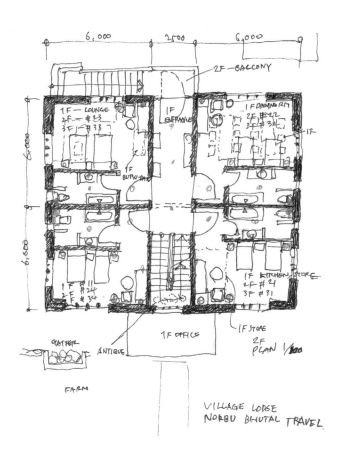

전체 평면. 밭 전(田) 자형으로 단순.

녹아든 욕실

Amankora Bumthang
아만코라 붐탕
부탄 / 붐탕

Administrative Office
Near Kuenga Chhoeling Place,
Upper Motithang, PO Box 831,
Thimphu, Bhutan
tel. +975 2-331-333
fax. +975 2-331-999
amankora@amanresorts.com
www.amanresorts.com

부탄에는 아만이 다섯 개 있다.

파로, 붐탕, 강테이, 푸나카, 팀부. 이중에 파로와 붐탕(16실)이 크다.
모두 아만코라. 아만은 '평화', 코라는 '성지 순례'를 의미한다.

붐탕은 부탄 거의 중앙부에 있어 동쪽으로 나아가는 거점도 되는
곳이다.

전통 건축인 종을 주제로 한 듯하다. 리셉션 로비와 다이닝룸,
라이브러리가 있는 건물, 게스트룸 2층뿐인 건물, 돌을 붙인 복도만
있는 건물로 여유롭게 이루어져 있다.

방은 절반이 침대 구역이고 절반은 물이 있는 곳.

'녹아드는 현상'의 극치. 욕실은 이미 녹아 없어져 욕조가 방
한복판에 떡하니 자리잡았고 주위에 샤워, 화장실, 세면기 두 개,
옷장이 늘어섰다. 여기에서는 옷조차 입지 않고 있어도 괜찮지 않을까
싶을 정도이다. 물론 이것이 일반적인 해법은 아니다.

밤에는 호텔 중앙의 작은 돌 광장에서 모닥불을 둘러싸고 체추* 의
춤 같은 공연을 본다.

인공조명 없이 모닥불 불빛이 무용수와 손님들의 얼굴에 비쳐 어둠
속에서 그림자가 어른거리며 표정을 만든다.

---

* 체추 tsechu
부탄 각지에서 열리는 티베트 불교 축제.
불교의 전래 설화에 근거한 무용극이 상연된다.

amankora BUMTHANG

5.700

200

BENCH

LIGHT

UILLO

CH~7205

BOWL
STONE
STOVE

BLACK

BLACK

SN
SCRBEN

RAIN
SHOWER

LIGHT

2053

1200

TERAZZO

290   600

2.000   680

#4
04/SEP/2012

ADMINISTRATIVE OFFICE
Near Kuenga Chhoeling Palace, Upper Motithang, PO Box 831, Thimphu, Kingdom of Bhutan.
Tel: (975) 2-331-333 Fax: (975) 2-331-999

방의 절반은 물가. 욕조가 중앙에 개방.

극적인 로비

Jetwing Lighthouse
제트윙 라이트하우스

스리랑카 / 갈레

Dadella, Galle, Sri Lanka
tel. +94 91 2223744
fax. +94 112345729
lighthouse@lighthouse.lk
www.jetwinghotels.com/jetwinglighthouse

제프리 바와가 설계한 해양 리조트호텔1997. 스리랑카 제2의 도시 갈레의 등대라이트하우스가 멀리 바라보인다.

입구부터 느닷없이 원형 통층 구조의 나선 계단을 올라간다. 바와의 친구이기도 한 조각가 라키 세나나야케*의 작품인 철로 된 전사 조각이 주위를 둘러싼다. 위층으로 걸어 올라가며 개구에서 보이는 경치에 누구나 "앗" 하고 외치게 된다.

이 놀라움, 사실은 글로 쓰고 싶지 않지만……

유리가 열린 로비의 큰 개구 가득히 펼쳐지는 것은 인도양!

그것도 도에이東映 영화 타이틀처럼 파도가 바위에 부딪쳐 대단히 박력 있다. 이것만으로 이 건물은 대성공이다. 누구라도 눈이 휘둥그레진다.

다른 해양 리조트호텔은 벤토타 비치 호텔1969도 호텔 아훈갈라 Heritance Ahungalla 1981도 조용한 모래사장에 접해 있지만 이곳은 몹시 거친 암석 해변. 이 풍경을 보고 바와는 될 수 있는 한 거기에 있는 암석을 그대로 남겨 계획에 끌어들이려 했다. 복도와 정원에 큰 암석을 많이 남겼다. 이런 점은 산악 리조트 칸달라마1994와 통한다.

방은 '시선 축'을 바탕으로 만들어졌다.

단면 스케치에서 보듯이 거울, 욕조, 침대, 책상, 창, 발코니가 일직선으로 관통해 외부의 인피니티 풀, 인도양에 이어지며 절묘한 높이에서 시선 축이 멋지게 계획되었다. 마치 일본 주택의 손님방과 뜰의 단면 계획 같다.

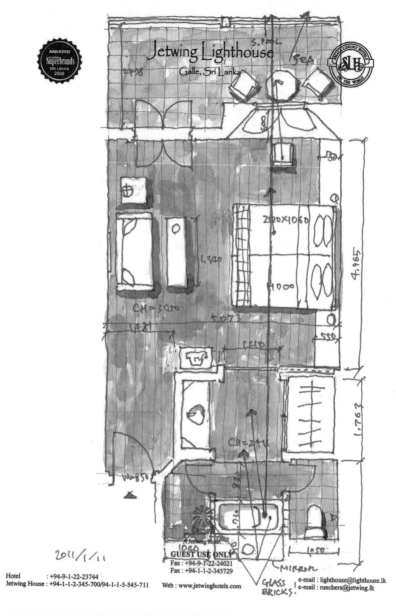

인도양을 향한 시선 축을 바탕으로 한 객실 계획을 엿볼 수 있다.

책상 앞에 앉아 인도양에 저무는 석양을 바라본다.

훨씬 더 저편은 아프리카이다.

* 라키 세나나이케 Laki Senanayake(1937~)
스리랑카인 예술가. 칸달라마의 은패미 건조 형상과
라이팅하우스 계단의 조각 등을 담당한 예술가.
화가이면서 건축가, 원예도 다루었고 스리랑카의
전통 동에 바탕의 디자인도 한다.

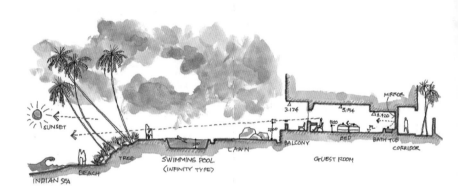

SUNSET

INDIAN SEA

BEACH

TREE

SWIMMING POOL
(INFINITY TYPE)

LAWN

BALCONY

GUEST ROOM

BED

BATH TUB

CORRIDOR

MIRROR

인도양에 지는 해.

현수교의 정취

Hotel Vitale

호텔 비탈레

미국 / 샌프란시스코

8 Mission Street San Francisco,
CA 94105, U.S.A.
tel. +415 278 3700
fax. +415 278 3750
www.hotelvitale.com

샌프란시스코의 엠바카데로 센터는 존 포트먼의 하얏트 리젠시로 유명하지만 부근 해안을 따라 재개발 건물이 만들어졌고 이런 호텔도 들어 있다.

장대한 시장인 페리 빌딩Ferry Building의 대각선 앞. 베이 브리지Bay Bridge 금문교베이트 브리지가 아니다도 가까우므로 어디에 가더라도 대단히 편리한 입지이다. 레스토랑과 바도 근처에 많이 있다.

비탈레라는 이름은 이탈리아인의 '바이탤리티vitality'에 감화를 받아서라고 한다. 과연.

샤워실이 넓어 오버헤드 샤워가 비처럼 내린다.

유리 스크린 상부에 귀퉁이를 둥글린 직사각형 구멍이 있다. 이건 뭐지 하고 고개를 갸웃하게 되지만 수건을 걸기 위한 것 같다. 그래도 조금 이상하다.

창에서 현수교 베이 브리지가 크게 잘 보인다. 비스듬하게 내리는 빛이 수면에서 아름답게 노닌다.

여행의 정취를 자아낸다.

이러다 무심코 가방을 잃어버려 '샌프란시스코에 두고 온 내 가방 I left my heart in San Francisco에서 따옴'이 될 뻔할 것만 같다.

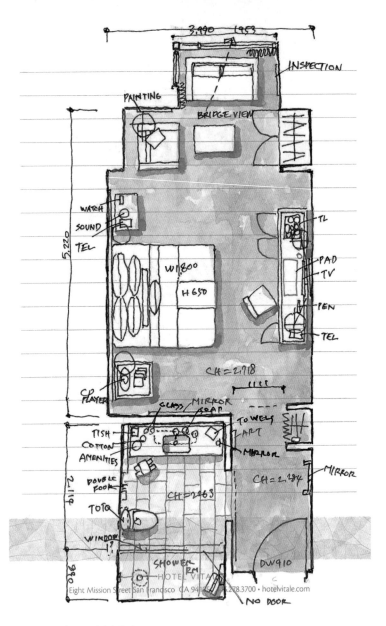

소파 쪽은 브리지를 보는 '베이 윈도'.

HOTEL VITALE
Eight Mission Street San Francisco CA 94105 • 415.278.3700 • hotelvitale.com

유리 스크린의 구멍은 수건걸이?

숲 속의 오두막집

森の小屋

모리노코야

일본 / 홋카이도 기타히로시마

다이닝 세트는 아르네 야콥센(Arne Jacobsen).

우리 집으로 여행한다.

북녘땅에 별장을 지어 꽃과 채소를 기르며 즐기다가 대지를 넓혀 2.5칸×5칸, 41.3제곱미터의 작은 기존 단층집을 새로 단장해 숲과 잔디를 보며 유유자적할 수 있는 게스트하우스 같은 오두막집을 만들었다. 호텔의 스위트룸 정도 크기밖에 안 된다.

완만한 경사의 맞배지붕에 달개 지붕과 마루를 붙였다. 안팎에 판자를 붙이고 원룸에 부엌, 샤워, 화장실을 갖추었으므로 여기에서만도 생활할 수 있다. 피아노와 낚싯줄을 감는 작업대도 있어 취미 공간이기도 하다.

본채에서 떨어져 있어 손님이 묵어도 서로 신경쓰지 않아 좋다.

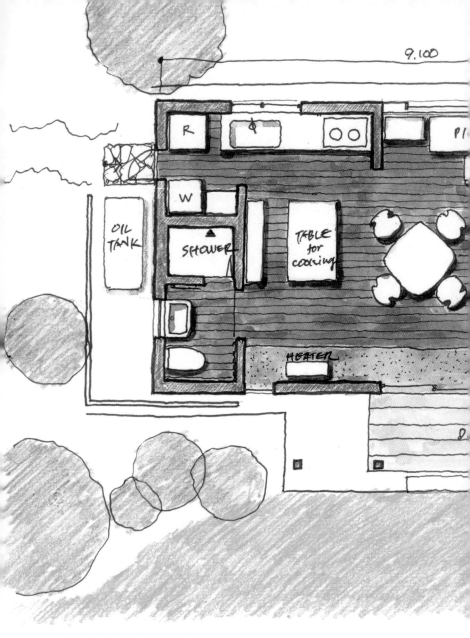

방에 들어갈 때는 신발을 벗지만 마루 앞 귀틀은 없다.

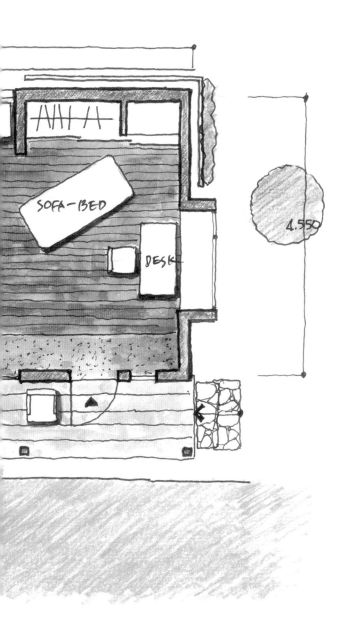

SOFA – BED

DESK

4.550

게스트룸 장비

게스트룸에는 가구만이 아니라 여러 가지 비품이 가득 채워져 있다
(게스트룸의 구역 설정에 대해서는 177쪽 그림 참조).

① **문 주변**
　문, 호텔 잠금장치
　도어카드, 도어체인, 도어스코프
　도어체크, 도어클로저, 에어타이트
　도어스토퍼
　피난 경로 안내도, 신문함

② **옷장 주변**
　옷걸이 여성복용, 상의용, 바지용
　옷솔, 구둣주걱, 구두 닦는 천
　슈키퍼 shoe keeper, 우산, 쇼핑백
　세탁물 주머니
　몸거울
　바지 압착기, 다리미, 다리미판
　금고
　슬리퍼, 파자마, 욕의, 잠옷, 실내복
　접는 짐 받침
　버틀러 박스 butler box 문을 열지 않고 세탁, 다리미질, 구두, 신문 등의 서비스를 받을 수 있다.
　신발장

③ 욕실 주변

욕조, 핸드 레일

온도 조절기, 수도꼭지, 토수구

텔레비전, 리모컨

욕조 선반

오버헤드 샤워, 보디 샤워, 핸드 샤워

비품_{샴푸, 컨디셔너, 크림, 화장품}

칫솔, 치약, 구강 청결제

유리컵, 광천수

면도기, 크림, 보디로션

솔빗

반짇고리, 샤워 캡

비누, 비누 받침

면봉, 면포

위생주머니, 티슈, 티슈 박스

링타워

세수수건, 마른행주, 수세미

목욕 수건, 욕실 매트

수건 선반, 더블 훅

목욕 가운

드라이어

두루마리 화장지, 휴지걸이

변기 세정 리모컨

타월 바, 타월 링

스툴, 체중계

거울_{흐림 방지}, 확대 거울

휴지통, 사용한 수건함

④ **침대 주변**

침대 보텀, 매트, 스커트

헤드보드

침대 패드, 언더시트, 어퍼시트

베개, 베갯잇

쿠션, 보텍스

블랭킷, 컴포터

깃털 이불, 커버

베드 스프레드, 베드 스로

베드 램프, 독서등

사이드 테이블, 풋라이트

텔레비전 리모컨, 공기 조절·조명 리모컨, 컨트롤 패널

전화기, 메모패드, 시계

신약 성서

잠옷

⑤ **거실 주변**

커피 테이블, 로마노프 테이블

소파, 2인용 소파, 카우치, 소파베드, 쿠션

플로어 스탠드, 데스크 램프

책상, 의자

편지지, 봉투, 그림엽서

숙박 약관, 홀더, 버틀러 메뉴, 호텔 팸플릿

메모, 메모패드, 펜, 연필

냉장고, 미니 보틀 리큐어, 광천수, 주스, 맥주, 페리에, 콜라

스낵, 견과, 초콜릿

샴페인, 와인

자jar, 온수기, 커피 머신

얼음통, 집게, 와인 쿨러
와인 잔, 위스키 잔, 맥주잔
다완, 차탁, 머들러, 찻주전자, 차통, 찻잔
티백, 설탕, 우유, 종이 냅킨
소믈리에 나이프, 병따개
전화기, 텔레비전, 비디오, 오디오, 오디오 케이블
각종 안내문, 잡지
화장경
휴지통
드레이프, 레이스 커튼, 태슬, 훅

⑥ **발코니 주변**
테이블
의자

아직 더 있을지도 모르지만 그런데도 얼마나 많은가? 그리고 온통 외
래어.

물론 모든 방이 전부 이렇게 갖추지는 않겠지만 숙박객의 요구에 응
해 배려를 거듭하자면 끝이 없다. 오전의 객실 복도는 하우스키핑 카트
가 보충용 대량 비품류로 넘쳐 놀랄 만한 광경이다.

장래의 호텔을 생각해보면 마치 비품 전쟁 같은 경쟁은 그만두고 필요
최소한의 비품만 양질로 단순하게 갖추어 게스트룸이 숙박 본래의 모습
으로 돌아갈 것 같다. 방에는 목록만 두고 요구가 있으면 룸서비스 배달
로 대응하는 식으로 할 수 없을까?

목제 방화문을 일본에서는 처음으로 대규모 호텔에 설치하기 위해 게스트룸 안의 모든 가연물 중량을 측정한 적이 있다.

시티호텔의 레귤러 트윈룸 한 방의 가연물 화재 적재 하중을 비교했다. 가구, 비품과 가져온 트렁크20킬로그램 세 개로 설정, 핸드백 등을 포함해 약 500킬로그램이었다.

이것이 화재가 일어나서부터 타버리기까지 39분 걸린다는 것인데 화재 온도 곡선에 따라 계산하면 20분이다. 가열 실험에서 60분이 조금 넘은 뒤에 문 반대쪽으로 불길이 나왔으므로 옆방이나 바로 위층에 불길이 번지기 전에 숙박객들이 피난할 수 있는 시간이다. 그런 것을 증명해 당시는 장관 인정을 받아 '목질계 차염문木質系遮炎扉'으로서 설치가 허용되었다. 그 이후 재질과 관계없이 실험에서 확인되면 내화 20분 을종방화문乙種防火戶 등으로 인정해 설치할 수 있게 되었다.

어쨌든 일반 숙박실의 화재 적재 하중은 약 500킬로그램으로 생각하면 좋을 것이다.

273

여행은 끝나지 않는다

1978년 겨울, 뉴욕.

첫 해외 출장에서 유나이티드 네이션스 플라자 호텔United Nations Plaza Hotel 당시 명칭에 묵었다. 케빈 로치*가 설계한 유리 초고층 건물로 UN 빌딩 바로 앞이다. 시차 탓으로 잠들지 못해 선배들이 때때로 하는 '게스트룸 실측도 만들기'라는 것을 해보았다. 비치된 편지지에 등측도를 그려 채색하고 세부는 스케치북을 이용해 몇 장이나 그리다보니 재미있고 꽤 볼 만했다. 그래서 빠져버렸다.

그때부터는 숙박한 게스트룸을 반드시 측량해 모으게 되었다. 그러는 동안에 체크인해서 바로 측량하지 않으면 마음이 안정되지 않는 중독 증상이 생겼다. 줄자와 스케일과 연필이나 그림 붓만 있으면 가능한 놀이이기도 하다. 최근에는 레이저 거리계 등도 사용하지만……. 어린 시절부터 무엇이든 모으는 것을 좋아했으므로 질리지도 않고 그려 모았다.

실측하기 위해 잘 보며 공간과 가구를 돌아보고 경영 방침이나 환경이나 풍토, 민족의 습관, 그리고 뼈대와 구조에 이르기까지 알아내 기억한다. 나중에 보면 그날의 사건까지 떠오른다. 사진에 얽힌 기억은 어느새 사라져 없어지지만 편지지에 그린 스케치에는 왠지 남는다.

게스트룸만이 아니라, 보고 그린다는 것은 '보지 않고 그리기' 위한 훈련이라고 생각한다. 설계에 종사하는 사람에게 그래서 표현하기는 가장 중요한 것이다. 본 적도 없는 것을 "이런 것을 만들고 싶다"라고 그래서 표현해야 한다.

계속 그린다. 세상에 없는 것을 그리는 날을 위해.

이 책에 수록한 호텔 종류는 다락방 호텔에서 조금 사치스러운 호텔까지 정말로 잡다해 전혀 맥락이 없다. 그래도 최근 나이 탓인지 리조트호텔이 몇 개인가 들어갔다.

리조트호텔은 만드는 방법이 시티호텔과 다르다. 우선 퍼블릭 스페이스가 다르다. 넓어지고 여유로운 느낌이며 편복도도 있다. 남국에서는 실내외를 가르는 유리조차 없다! 조망을 즐기거나 천천히 걷는 것을 염두에 두므로 에드워드 T. 홀* 이 말한, 사람을 둘러싸 개인적 거리를 유지하는 '거품' 같은 것이 리조트호텔에서는 커지거나 또는 사라진 것처럼 여겨진다.

방을 만드는 방법에서도 그렇다. 이론만으로 계획하는 것이 아니다. 엄격한 치수 대신 넉넉한 확장이나 장난기가 있다. 효율이 우선이라고는 말하기 어렵다.

그것은 스리랑카의 제프리 바와가 설계한 리조트호텔에 묵었을 때에 강하게 느꼈다. 건축 속에서 밖을 보는 시선 축을 계획의 근본에 놓거나 수목과 돌을 굳이 남기거나 그렇게 흐르는 듯한 자유로운 공간 구성과 몸에서 발하는 감성 같은 것에서 설계자의 눈을 느낄 수 있었다.

그래서 약간 불편하면서도 실로 쾌적했다. 편리함이 반드시
쾌적하지만은 않다.

순례 숙소라든지 업무 출장처럼 '묵을 수밖에 없는' 시설이었던
호텔이 도시의 논리에서 해방되어 놀이의 거점이 되거나 거기에 머무는
것 자체가 목적이 되기도 한다. 리조트지에 곧잘 있는 체재 바캉스용
부엌이 딸린 호텔 등은 호텔이라기보다 주택에 극히 가깝다.

시가지의 호텔도 서서히 변화한다고 느낀다. 호텔의 정체성이
희미해지는 듯이 보이기도 한다. 머지않아 호텔의 존재는 깨끗이
사라지고 게스트룸이 도심에 흩뿌려진 것처럼 될지 모른다. 그런
예감이 든다.

그래도 여행에는 끝이 없고, 게스트룸은 없어지지 않는다.

이 책에 실은 객실 자료에는 숙박 요금을 기재하지 않았다. 요금은
때때로 변하거나 요율 변동 등이 있으므로 최신 가격은 아무쪼록 인터넷
등에서 조사해주었으면 한다. 또한 리브랜딩하거나 계속 새로 단장하거나
해서 그것도 최신은 아닌 경우가 있으므로 바뀌었다면 양해를 바란다.

이 책을 엮는 데는 원래 에세이를 연재해주었던 《TOTO 통신》과
나카하라 오쿠보 편집실의 이해가 있었다. 무엇보다도 고분샤光文社의
니시타니 히로나리 씨가 이런저런 응석을 받아주었고 그 밖에 많은
분에게 이해와 협력을 받았다. 감사드리고 싶다. 고맙습니다.

2013년 10월

* **케빈 로치** Kevin Roche(1922~)

미국의 건축가. 아일랜드인. 오클랜드 박물관(Oakland
Museum of California), 나이트 오브 콜럼버스(The Knights
of Columbus), 시오도메 시티 센터(汐留シティセンタ) 등.

* **에드워드 T. 홀** Edward T. Hall(1914~2009)

미국의 문화인류학자. 학제적 접근의 일인자.

여행의 공간, 두번째 이야기

© 우라 가즈야 2014

초판 1쇄 발행 2014년 8월 29일
초판 2쇄 발행 2017년 10월 31일

지은이	우라 가즈야
옮긴이	신혜정
펴낸이	윤동희
편집	윤동희
디자인	신혜정
제작처	영신사
펴낸곳	(주)북노마드
출판등록	2011년 12월 28일 제406-2011-000152호
주소	08012 서울특별시 양천구 목동서로 280 1층 102호
전화	02-322-2905
팩스	02-326-2905
전자우편	booknomad@naver.com
페이스북	/booknomad
인스타그램	@booknomadbooks
ISBN	978-89-97835-62-1 03830

www.booknomad.co.kr